Comme l'eau
qui coule

Marguerite Yourcenar

像水一样流

Comme l'eau
qui coule

[法]
玛格丽特·尤瑟纳尔　著

李玉民　段映虹　译

人民文学出版社

著作权合同登记号 图字 01-2024-4177

图书在版编目（CIP）数据

像水一样流／（法）玛格丽特·尤瑟纳尔著；李玉民，段映虹译. -- 北京：人民文学出版社，2024
ISBN 978-7-02-018469-9

Ⅰ.①像… Ⅱ.①玛… ②李… ③段… Ⅲ.①短篇小说-小说集-法国-现代 Ⅳ.①I565.84

中国国家版本馆 CIP 数据核字（2024）第 016335 号

责任编辑　刘　彦
装帧设计　李思安
责任印制　张　娜

出版发行　人民文学出版社
社　　址　北京市朝内大街 166 号
邮政编码　100705

印　　刷　北京新华印刷有限公司
经　　销　全国新华书店等

字　　数　141 千字
开　　本　787 毫米×1092 毫米　1/32
印　　张　9.25　插页 1
印　　数　1—6000
版　　次　2024 年 12 月北京第 1 版
印　　次　2024 年 12 月第 1 次印刷

书　　号　978-7-02-018469-9
定　　价　59.00 元

如有印装质量问题，请与本社图书销售中心调换。电话：010-65233595

目　录
CONTENTS

安娜，姐姐……

段映虹 / 译

1575年,她出生在那不勒斯圣埃尔莫城堡厚实的高墙内,她的父亲在那里担任总督。堂·阿尔瓦在意大利任职多年,他赢得了副王①的垂青,但也遭到民众和坎帕尼亚贵族们的敌视,西班牙行政官员的滥权令后者不堪忍受。然而没有人怀疑堂·阿尔瓦的廉洁奉公和高贵血统。在他的亲戚,红衣主教莫利齐奥·卡拉发②的撮合下,他迎娶了阿涅丝·德·蒙特费尔特罗③的孙女瓦伦蒂娜,一个煊赫世家元气耗尽之后留下的最后的花朵。瓦伦蒂娜很美,皮肤白皙,身材纤细:她的完美令两西西里王国擅长吟咏十四行诗的

---

① 西西里王国名义上包括西西里岛和以那不勒斯为中心的意大利南部,但这两个部分在政治上是分离的,分别由西班牙国王直接任命一位副王作为当地最高统治者。——译注(以下如无特别说明,均为译注)

② 卡拉发家族是那不勒斯最显赫的贵族世家之一,从中世纪至十九世纪产生过一位教皇保罗四世和多位红衣主教。

③ 蒙特费尔特罗家族在中世纪和文艺复兴时期是乌尔比诺地区的统治者和文化艺术保护人。

文人骚客们词穷。堂·阿尔瓦担心这位天仙般的美人会给他的荣誉带来危险，加之生性对女人心怀戒备，他强迫妻子过着一种近乎修道院的生活，于是瓦伦蒂娜在两地之间度日：一边是丈夫在卡拉布里亚拥有的凄凉田庄，四旬斋①期间她就住在伊斯基亚修道院；另一边是圣埃尔莫要塞里带拱顶的低矮房间，异端嫌疑犯和政权的敌人们在城堡的地牢里奄奄待毙。

年轻女人坦然接受她的命运。她在乌尔比诺度过幼年时代，家中过从皆为一代风流，满目尽是古代手稿，听惯了博学的谈话和七弦提琴演奏的音乐。皮埃特罗·本博②在垂危之际为她的降生写下了最后的诗行。她的母亲刚产下她，就亲自抱着她前往罗马圣安娜修道院。一位面色苍白的女人，嘴角挂着一道忧伤的皱纹，将孩子抱在怀里施予祝福。她是维多利亚·科罗纳③，帕维亚的

---

① 复活节之前为期四十六天的一段时间，教会要求在此期间遵循某些禁欲和斋戒的规定。

② 皮埃特罗·本博（1470—1547），出身于威尼斯贵族世家，红衣主教、诗人和人文学者，意大利语的捍卫者。

③ 维多利亚·科罗纳（1492—1547），佩斯卡拉侯爵夫人，有书信集和诗集传世。1525年孀居之后退隐于修道院，潜心精神修炼，有神秘主义倾向。她与皮埃特罗·本博和米开朗基罗交往密切。

征服者费南特·德·阿瓦洛斯①的孀妇,也是米开朗基罗的神秘女友。瓦伦蒂娜得到这位严肃的缪斯赐福,自年轻时即别有一种庄重的风度,不仅如此,她还有着那些连幸福也不向往的人方可拥有的宁静。

她的丈夫野心勃勃,同时深惧自己在宗教上有些微瑕疵,对她不闻不问。自从他们的第二个孩子——是个儿子——出生后,便将她完全冷落一旁。瓦伦蒂娜并无任何情敌,她的丈夫在那不勒斯宫廷里除了身为贵族必要的交往外,从无艳遇。然而当一个人面对自己,颓丧之感袭来之时,据说堂·阿尔瓦会戴上面罩,宁愿去港口一带找摩尔妓女,在破败的小房子里、冒烟的油灯下或火盆边与老鸨讨价还价。堂娜·瓦伦蒂娜对此丝毫不以为意。她是无可指摘的妻子,从未有过情人,对那些模仿彼特拉克诗体的情话充耳不闻,从不参与副王情妇们之间的钩心斗角,也不在自己的随从仆妇中挑选心腹和宠信之人。出于礼数,她出席宫廷庆典时会身着合乎自己地位和年龄的盛装,但不会在镜子前停下来顾影自盼,整理一下衣裙上的褶皱

_____

① 费南特·德·阿瓦洛斯(1490—1525),佩斯卡拉侯爵,意大利人,西班牙将军,追随查理五世,屡建战功。

或项链。每天晚上,堂·阿尔瓦会在桌面上看见瓦伦蒂娜亲手誊清的家庭开销账目。其时正值意大利刚刚建立教廷圣职部①,密切监视人们思想活动的风吹草动;瓦伦蒂娜小心避开任何涉及信仰的谈话,准时参加弥撒和诵经。没有人知晓她悄悄让人给关押在要塞黑牢里的囚犯送去衣服和滋补的汤水。后来,她的女儿安娜回想不起来曾经听到过她祷告,然而常常看见她在伊斯基亚修道院的房间里,将一本《斐多》或《会饮》摊在膝上,她美丽的双手放在窗户敞开的窗沿上,在优美的窗洞前长久地陷入沉思。

她的孩子们敬爱她如同圣母。堂·阿尔瓦打算不久之后将他的儿子送去西班牙,因此很少要求年轻人与他一道去觐见副王。米盖尔一连几小时坐在安娜身边,待在那个如珍宝箱一样精致的鎏金小房间里,墙上刺绣着瓦伦蒂娜的座右铭:*Ut crystallum*②。自他们幼时,瓦伦蒂娜就教他们阅读西塞罗和塞涅卡:聆听这个温柔的声音解释一段论辩或一句格言时,他们的头发交缠在一起,垂落在书页上。这个年纪的米盖尔长得

---

① 亦即当时的宗教裁判所。
② 拉丁文:如水晶一般。

很像他的姐姐;若不是她的手十分精致,而他的手由于执箠持剑而变得坚硬,人们会很容易认错他们。两个孩子彼此相爱,不过他们常常沉默不语,因为他们无须言辞就能感受到待在一起的快乐;堂娜·瓦伦蒂娜话语不多,她凭着准确的直觉,知道自己被爱却不被理解。她有一只首饰匣,里面装着她收藏的希腊凹雕宝石,其中几颗上面有裸体人形。有时,她跨上通向幽深窗洞的那两级台阶,趁着最后的余晖欣赏玲珑剔透的血红玉髓,瓦伦蒂娜全身笼罩在黄昏的金色斜阳里,看上去跟她的宝石一样半透明。

安娜垂下眼睛,虔诚的年轻女子到了适婚年龄通常会变得愈发容易害羞。堂娜·瓦伦蒂娜带着飘忽的微笑说:

"一切美的事物因上帝而焕发光彩。"

她跟孩子们说托斯卡纳方言;他们则用西班牙语回答。

1595年8月,堂·阿尔瓦宣布,米盖尔应该在圣诞节前抵达马德里,承蒙他的亲戚梅迪纳公爵不弃,米盖尔将成为他的侍从。安娜在背地里哭泣,但出于骄傲,她在弟弟和母亲面前忍住了。让堂·阿尔瓦出乎意料的是,瓦伦蒂娜对于米盖尔的出发没有提出任何异议。

德·拉·塞尔纳侯爵从他的意大利家族继承了大片田产,上面散布着沼泽,收入微薄。他听从管家们的建议,尝试在阿格罗波利的土地上引种阿利坎特①最好的葡萄植株。虽说收成不如人意,堂·阿尔瓦却并不气馁;每年收获季节,他亲自指挥采摘。瓦伦蒂娜和孩子们陪同前往。这一年,堂·阿尔瓦公务缠身,便请他的夫人独自前去照管地产。

他们在路上走了三天。堂娜·瓦伦蒂娜的四轮马车在前,几辆挤满仆人的大车跟随在后,在高低不平的石路上朝着萨尔诺山谷行进。堂娜·安娜坐在母亲对面;堂·米盖尔虽然酷爱骑马,但他仍坐在姐姐身旁。

田庄上的住宅建于安茹王朝时代②,外观俨然如

---

① 在西班牙巴伦西亚地区,以出产葡萄酒著称。

② 1266 年,在教皇克莱芒四世的支持下,法国安茹家族的查理一世成为那不勒斯和西西里的国王,后因 1282 年爆发的西西里晚祷起义失去了对西西里的统治权,此后西西里岛归西班牙的阿拉贡王朝统治。直到十五世纪中期,安茹家族一直是那不勒斯王国的统治者。

同一座防御堡垒。本世纪初，人们又在后面加盖了一所只粗粗涂抹了一层石灰的大房子，柱廊蚕食了部分内院，平屋顶上可以晾晒果园的收获，加上一排石头压榨机，让这个地方看上去像一个农庄。田庄总管跟他不断怀孕的老婆带着一群吵吵嚷嚷的孩子住在那里。年深月久，缺乏修缮，再加上坏天气，让堆满收成的大厅无法住人。成堆的葡萄已经软烂，黏稠的汁液滴在摩尔风格的地板上，招来苍蝇光顾；一串串洋葱吊在穹顶上；面粉从布袋里漏出来，跟灰尘混合在一起，无孔不入；水牛奶酪散发出的气味令人作呕。

堂娜·瓦伦蒂娜和她的孩子们住在二楼。姐弟俩的房间面对面；偶尔，从跟射击孔差不多大小的窄窗户望过去，他隐约看见安娜的影子在微弱的灯光下走来走去。她挨个取下发卡，拆散头发，然后伸出脚，让一名女仆帮她脱下鞋子。堂·米盖尔知趣地拉上窗帘。

白天的日子全都一个样，绵绵无尽，每一天都漫长得如同整个夏天。天空中几乎总是笼罩着炎热的雾霭，与平原连成一片，从低低的山边一直绵延到大海。瓦伦蒂娜和她的女儿忙于在摇摇欲坠的药房里配药，分发给那些染上疟疾的人。天气不好，迟迟无法收获完葡萄；有些采摘工染上热病，连床也下不了；另一些人则病恹恹的,跟醉汉一样在葡萄园里踉踉跄跄。尽管堂娜·瓦伦蒂娜和孩子们从不谈论米盖尔即将离去一事,然而三人都为此心情沉重。

黄昏来临,天黑得很快,他们在楼下的一间小厅里共进晚餐。瓦伦蒂娜感到疲惫,通常早早上楼就寝;剩下安娜和米盖尔默默对视,不一会儿,他们就会听到瓦伦蒂娜那清亮的声音在呼唤女儿。于是,他们两人一同上楼;堂·米盖尔躺在床上,数着离出发的日子还有多少个星期,尽管离开安娜和母亲令他难过,不过他也感到放松,仿佛近在眼前的旅行已经让他渐渐远离了这两个女人。

卡拉布里亚爆发骚乱;堂娜·瓦伦蒂娜命令儿子不许离开村子和城堡太远。小老百姓对西班牙军官和官吏的不满情绪酝酿已久,甚至山上那些贫寒的修道院里的僧侣们也在蠢蠢欲动。那些曾在诺拉和那不勒斯研习过几年学问的饱学之士,怀念这个地区属于希腊的时代,到处是大理石、神灵和裸体美人。胆大妄为之辈否认或诅咒上帝,据说,他们跟停泊在小海湾深处的土耳其海盗串通一气。有人在议论一些奇特的渎神行为,比如踩在脚下的基督像,放在阳具上以增强活力的圣体饼;还听说一群僧侣劫持了某个村子里的一些年轻人,将他们拘押在修道院里,向他们灌输耶稣跟抹大拉的马利亚和圣约翰有过肌肤之亲。瓦伦蒂娜在总管家中或者厨房里听到这些无稽之谈时,便一声喝住。米盖尔却常常忍不住回想这些话,随后又像甩掉身上的虱子一样将它们从脑子里赶走;然而,想到这些人在欲望的驱使下敢作敢为,他不免受到震动。安娜对罪恶避之唯恐不及,然而有时在小礼拜堂里,看着在耶稣脚下哀哀欲绝的抹大拉的马利亚画像,她不禁遐想,若能将所爱之人抱在怀里该何等甜蜜,说不定这位女圣人恨不得耶稣将自己扶起来。

有些日子,米盖尔不顾堂娜·瓦伦蒂娜的禁令,拂晓起身,自己动手给坐骑套上鞍子,纵马往低地上跑出很远。地面一片黑色,光秃秃的;水牛三五成群,一动不动趴在地上,远远看去仿佛从山上滚落下来的岩石;荒原上隆起一个个火山形成的小丘;这里总有大风吹过。堂·米盖尔看着油亮的污泥从马蹄下溅起,有时会在一片沼泽边突然勒马停住。

一次,恰好落日之前,他来到一排矗立在海边的列柱跟前。几根凿有条纹的石柱倒在地上,犹如大树的树干;另一些柱子站立着,影子倒映在地面,红色的天空衬托着它们挺直的身影;苍茫的大海在后面若隐若现。米盖尔将马拴在一根柱子上，走进这片不知其名的废墟。在荒原上一阵策马疾驰后的眩晕还没有过去，他感到自己跟有时在梦中那样飘忽和倦怠。然而，他头痛得厉害。他模模糊糊记得这里是瓦伦蒂娜跟他们讲过的先哲和诗人们生活过的城市之一；这些人一生中从未担心地狱在脚下张开，然而堂·阿尔瓦不时会被这样的焦虑攫住，那样的日子他就跟圣埃尔莫要塞里的囚犯们一样饱受折磨；然而先哲也有他们的律法。即便在他们的时代，那些人类诞生之初，在亚当和夏娃的后代们看来是合法的结合，也会遭到严厉惩处；曾经有一位考努斯，为了躲避温柔的比布利斯与他亲近，从一个地方逃往另一个地方……①既然还从未有人向他求爱，为何他要想到这位考努斯？他在坍塌的乱石阵里迷路了。他看见一位女子坐在几级台阶上，想必那是从前的一座神庙。他朝她走去。

她也许还是个孩子，但是风吹日晒已在她脸上留下痕迹。堂·米盖尔注意到她的眼睛是黄色的，这让

---

① 比布利斯和考努斯是希腊神话中的一对孪生姐弟。比布利斯热烈地爱上考努斯，后者为了逃避这种乱伦的感情，出走逃亡。比布利斯一路追赶，由于悲伤而发疯，最终精疲力竭，伤心而亡，化为一眼清泉。不少古代作家都记述过这个传说，其中著名的有奥维德的《变形记》(卷九，454—665 行)。

他感到不安。她的皮肤和脸庞像尘土一样灰暗,裙子撩到膝盖,露出大腿和踩在石板上的赤脚。

"小妹妹,"他说,在这个荒寂之地相遇不禁令他心慌意乱,"这个地方叫什么名字?"

"我没有兄弟。"女孩说,"有很多名字还是不知道为好。这个地方很坏。"

"你在这里看上去很自在。"

"我在自己族人的地方。"

她撮起嘴唇,吹了一声短促的口哨,然后好像示意一般,将一个脚趾指向石头间的缝隙。一个窄小的三角形脑袋倏地从裂缝里冒出来。堂·米盖尔将蝰蛇一脚踩死。

"上帝原谅我。"他说,"难道你是女巫?"

"我父亲从前是驯蛇人。"女孩说,"为您效劳。他挣得不少。因为到处都有蝰蛇,大人,还不算我们心里那些。"

这时,米盖尔方才察觉到寂静之中仿佛充满细微的震颤、摩擦和流淌的声音;千奇百怪的毒虫在草丛里爬行。蚂蚁满地跑;蜘蛛在石柱间织网。无数只跟这个女孩一样的黄眼睛在地上闪闪发亮。

堂·米盖尔想退后一步,但他不敢。

"得了，大人。"女孩说，"记住，不仅这里，别的地方也有蛇。"

堂·米盖尔很晚才回到阿格罗波利城堡。他向管家打听那个沦为废墟的城市的名字；此人根本不知道有这么个地方。不过米盖尔听说，快天黑时，堂娜·安娜正忙着分拣果子，她在麦秸里看见了一条蝰蛇。她叫起来；女仆闻声赶来，扔石头砸死了毒蛇。

那天夜里，米盖尔做了一个噩梦。他睁眼躺在床上。一只巨大的蝎子从墙里钻出来，接着又是一只，然后又出来一只；它们沿着床垫攀爬，他的被子边沿上交错的花纹变成一团团盘曲的蝰蛇。那个女孩子棕褐色的双脚放在上面，如同放在干草垫上一样安稳。这双脚跳着舞向前走；米盖尔感到它们踩在自己的胸口上；他看见它们每走一步就变得更白皙一点；这双脚眼看要碰到枕头了。米盖尔正要俯身去亲吻它们，却认出原来是安娜的双脚，赤裸着穿在黑色缎子拖鞋里。

念诵晨经之前，他打开窗户，凭栏呼吸。一阵清新的微风从海湾吹来，汗珠顿时变得冰凉。安娜的窗户开着；堂·米盖尔执拗地望着另一边，一群山羊在墙角吃草;他偏执地数着羊只的数目,但总也数不清楚;他终于转过头来。堂娜·安娜跪在祷告凳上。他踮起脚,似乎看见了睡袍底下的缎子拖鞋里那只莹白发亮的光脚。安娜向他微笑致意。

他回房洗漱。冷水让他完全醒过来,他平静了。

另一些梦接踵而至。每天早上,他再也分辨不清梦境和现实。他一心想睡得安稳些,但益发疲劳。

孤独之中,他经常一个人前往废墟之地。到了能看见那排列柱的地方,他就掉转马头;然而有时,要么不由自主,要么感到羞愧,他便走进去。草丛里有些小蜥蜴爬来爬去。但是米盖尔再也没有看见过蝮蛇,那个女孩子也不在了。

他打听她的消息。农民们都认得她。她父亲出生在卢切拉,是撒拉逊人;女儿继承了魔法;她在各个村子间游走,帮农庄驱除害虫,颇受欢迎。对巫术的畏惧,以及或许混杂着摩尔人血统的本能——这一点连他自己也不知晓,让他没有伤害这个撒拉逊女孩。

每到星期六,他去附近一位隐修士那里忏悔,这是一个虔诚的信徒,名声很好。但没有人会为自己的梦而忏悔。他的良心焦躁不安,但他吃惊地发现自己没有任何可以自责的过错。他将自己的烦躁归因于即将出发前往西班牙。然而他几乎已经停止为此事做准备了。

有一天,天气十分炎热,他骑马跑了很远。回来的路上,他下马跪在一处泉水边,准备喝水。泉眼离路边只有几步之遥,一股细小的水涌出来;清泉边的几株草长得又高又壮。堂·米盖尔只好伏在地上,准备像动物那样趴在地上喝水。这时灌木丛里传来窸窣声;那个撒拉逊女孩出现在面前,他一下子惊跳起来。

"啊!假蛇!"

"当心,大人。"掌握巫术的女孩说,"水爬行,扭曲,颤动,闪光,它的毒液会让您的心脏变得冰冷。"

"我渴。"堂·米盖尔说。

他离水潭很近,看得见一副长着黄眼睛的窄小面孔,倒映在微微波动的水中。女孩的声音变得嗞嗞作响:

"大人,"他仿佛听见,"您的姐姐在不远的地方等着呢,她手中的杯子盛满纯净的水。你们一起喝吧。"

堂·米盖尔摇摇晃晃地重新上马。女孩消失了,他以为看见的影像和听到的话语不过是幻觉。说不定他在发烧。但也许正因为发烧,他才看见和听到了原本看不见和听不到的东西。

晚餐气氛沉闷。堂·米盖尔低头看桌布,他感到瓦伦蒂娜的目光在看着他。瓦伦蒂娜照例只吃水果、蔬菜和草叶,但是这天晚上,她看上去似乎连将这些食物送到唇边的力气也没有。安娜既不说话也不吃饭。

堂·米盖尔想到过会儿就要独自一人回到房间里,他感到害怕,于是提议到露台上去乘凉。

白昼过去,凉风降临。花园里的土地因炎热而开裂;沼泽地里亮闪闪的小水洼一个接一个地变暗了;看不见附近村庄的一点灯火;清透的黑色天空,穹隆般地覆盖在黝黑的山峦和平原之上。天空,钻石和水晶般的天空,围绕极点缓缓转动。三人举头仰望。堂·米盖尔心想,不知哪一颗不祥的行星会在他的摩羯座升起。安娜,大约在想着上帝。瓦伦蒂娜或许在想毕达哥拉斯那些吟唱的天体。

她说:

"今夜,大地记得……"

她的声音如银铃般清亮。堂·米盖尔犹豫不决,不知是否要将自己的焦虑告诉母亲。他一边想着如何启齿,同时却意识到自己其实并无任何事情可以向母亲承认。

何况,安娜就在旁边。

"我们进去吧。"堂娜·瓦伦蒂娜轻声说。

他们进到屋内。安娜和米盖尔走在前面;安娜向弟弟靠近;他闪到一边,似乎害怕将自己的疾病传给她。

堂娜·瓦伦蒂娜不得不好几次停下脚步,她挽住女儿的手臂,倚靠在她身上。她在外套下面瑟瑟发抖。

她上楼梯走得很慢。走到二楼的平台上时,她想起来自己的威尼斯刺绣手帕留在露台的长凳上了。堂·米盖尔下楼去找;他回来时,堂娜·瓦伦蒂娜母女已经各自回房;他将手帕交给一位侍女,然后就退下了,没有像往常那样亲吻母亲和姐姐的手。

堂·米盖尔支着手臂坐在桌前,连紧身短外套也懒得脱下,整夜他都在试图想清楚。他的思绪绕着一个固定点旋转,好比飞蛾绕着灯打转儿;他理不清头绪,始终不得要领。夜深了,他迷迷糊糊半睡着了,同时他也半醒着,知道自己在睡觉。也许是那个女孩儿让他中邪了。她并不招他喜欢。安娜,比方说,就比她白净得多。

晨曦初露,有人敲门。他才发现天色已经大亮。

来人是安娜,她也穿戴得整整齐齐;他想到她一向早起。眼前这副惊恐的面庞与堂·米盖尔自己如此相似,竟让他以为在镜子深处看见自己的影子。

他的姐姐说:

"母亲发烧了。她的情况很不好。"

他跟在安娜后面,来到堂娜·瓦伦蒂娜的房里。

房间的护窗板紧闭。米盖尔几乎没有看见躺在大床上的母亲;她的动作很轻微,与其说睡着了,不如说全身发僵。她的身体摸上去很热,浑身发颤,好比来自沼泽的风不断吹在她的身上。照看堂娜·瓦伦蒂娜的女人将姐弟俩带到窗边。

"夫人生病已经好一阵了。"她说,"昨天她昏死过去,我们都以为她不行了。眼下她稍好一些,可是她太安静了,这不是好兆头。"

那天刚好是星期天,米盖尔和姐姐去城堡里的小教堂做弥撒。阿格罗波利的神甫是个贪杯的粗人,为他们主持仪式。堂·米盖尔责怪自己前一晚不该提议到露台上去散步,夜晚的凉风简直要人命,他不禁在安娜的脸上搜寻,看看是否有发烧过后的惨白。几个仆人也来参加弥撒。安娜狂热地祷告。

他们领圣体时,安娜伸出嘴唇去接受圣体;米盖尔觉得这个动作让双唇看起来像在亲吻,不过他随即打消了这个渎圣般的念头。

回家路上，安娜对他说：

"我们需要去找个医生了。"

几分钟后，他策马向萨莱诺奔去。

旷野的空气加上赶路，驱散了不眠之夜的痕迹。他顶风疾驰，仿佛与一个一边退却一边顽抗的对手酣战。狂风将他的恐惧吹到身后，仿佛抚平了长袍上的褶皱。前夜的谵妄和战栗停歇了，被重新焕发的青春和力量卷走。或许堂娜·瓦伦蒂娜的发烧只是短暂的发作，今天晚上他又能见到母亲美丽安详的脸庞。

到了萨莱诺，他放慢了马的步伐。又一阵焦灼袭来。说不定发烧像一种魔咒，要转移到其他人身上才能得到解脱，说不定他就是这样在不知不觉中传给了母亲。

他找不到医生的寓所。终于，在离港口不远的一个死胡同里，有人指给他看一所显得相当寒碜的房子；一扇护窗板已经掉落一半，在风中砰砰作响。他叩响门环，一个袒胸露怀的女人比划着双手过来应门；她问骑手有何贵干；他只好一五一十道来，要高声叫喊才能让对方听见；另外几个女人大声嗟叹，对素不相识的病人表示同情。堂·米盖尔好不容易才弄明白,弗朗切斯科·齐齐诺老爷去望大弥撒了。

有人拿来一条小板凳,让年轻绅士当街坐下。大弥撒结束了;弗朗切斯科·齐齐诺老爷穿着博士袍姗姗而来,他一路小心翼翼,拣最好的路走。这是个干干净净的小老头子,保持着一副簇新、乏味的神态,如同一件没有使用过的物品。堂·米盖尔自报了家门,他一连声道歉。再三犹豫之后,他终于答应坐马的后部。不过,他请求先垫垫肚子再出发;女佣将一块抹了油的面包送到门口来;他慢慢擦手指,用了很长时间。

正午时分,他们到达沼泽地带。对于九月末的季节来说,天气很热。阳光几乎笔直地照射下来,让堂·米盖尔头晕目眩;弗朗切斯科·齐齐诺老爷也感到不适。

又走了一段,在路边一片小松树林边上,堂·米盖尔的马看见一条蝰蛇,闪避了一下。堂·米盖尔仿佛听见一阵笑声,然而周围一片荒寂。

"看来您的坐骑易受惊吓,老爷。"医生感到沉默难耐,开口说话。为了让骑手听见,他提高嗓门补充道：

"蝮蛇汤可是一味不可小觑的良药。"

家中仆妇们焦急不安地盼着医生。然而弗朗切斯科·齐齐诺老爷十分谦逊,他来了也几乎帮不上忙。他就干燥与潮湿的问题长篇大论,然后提议为堂娜·瓦伦蒂娜放血。

针尖处只渗出几滴血。堂娜·瓦伦蒂娜再次昏厥过去,情形比第一次更糟,众人颇费一番功夫才让她醒过来。安娜请弗朗切斯科·齐齐诺老爷试试别的法子,小个子医生做了一个沮丧的手势:

"完了。"他低声说。

濒死之人听觉灵敏,堂娜·瓦伦蒂娜美丽的脸庞转向安娜,她仍然微笑着。女仆们以为听见她在喃喃低语:

"任何事物都不会完结。"

她的生命眼看着下沉。她躺在有华盖的大床上,瘦削的形体在被单下凸显出来,仿佛躺在石头床上的死者卧像。小个子医生坐在角落里,似乎害怕打扰死神。女仆们七嘴八舌提议使用各种绝招,其中一个甚至说要肢解一只活兔,将兔子血抹在病人额头上;好不容易才让她们安静下来。米盖尔几次请求他的姐姐离开房间。

安娜对临终涂油礼寄予厚望;堂娜·瓦伦蒂娜毫无表情地接受了。她命人送走喋喋不休地高声布道的神甫。神甫一出门,安娜跪在床前哭泣。

"您要离开我们了,母亲大人。"

"我见过三十九次冬天,"瓦伦蒂娜的声音低得几乎听不见,"三十九次夏天。足矣。"

"可是我们还没有长大成人。"安娜说,"您还没有看见米盖尔建功立业,还有我,您还没有见到我……"

她本想说母亲还没有看见她出嫁,然而这个想法突然令她感到恐惧。她打住了。

"你们两人已经离我很远了。"瓦伦蒂娜低声说。

人们以为她在谵妄。然而,她还认得他们,因为她将手伸给同样跪在床前的米盖尔,让他亲吻。她说:

"无论发生什么事,你们永远不要彼此怨恨。"

"我们相亲相爱。"安娜说。

堂娜·瓦伦蒂娜合上眼。然后,她轻声说:

"我知道。"

她看上去已然超越了痛苦、畏惧和犹疑。她继续说下去,但人们不知道她说的是两个孩子的未来,还是她自己:

"不要担心。一切都好。"

然后,她沉默了。她没有经历垂危就死去了,无声无息;瓦伦蒂娜的一生只是一个缓缓滑向沉寂的过程;她泰然处之,并不抗争。她的孩子们明白过来她已经死去时,他们的悲伤中没有掺杂丝毫惊讶。堂娜·瓦伦蒂娜属于那样的人,他们的存在才会令人感到惊讶。

他们决定将她带回那不勒斯。堂·米盖尔负责置办棺木。

守灵就在楼下破败的大厅里进行,农庄的收获物清除出去了,仅剩几只散架的大木板箱。岁月和虫子已经侵蚀了墙上的科尔多瓦羊皮挂毯。堂娜·瓦伦蒂娜身着白色丝绒长裙,躺在四支火把中间;她脸上既倨傲又柔和的微笑给嘴角增添了一丝皱纹;她的眼睑宽阔,眼窝深陷,这让她的面庞看上去宛如在大希腊地区①——从克罗托内到梅塔蓬托②之间——时不时会挖掘出来的那一类雕像。

---

① 大希腊是希腊人对古风时期(公元前八世纪中叶—前六世纪末)意大利南部殖民地的称呼。
② 两地皆为意大利南部塔兰托湾沿岸城市。

堂·米盖尔思索着几个星期以来一直纠缠他的那些预兆。他想起来,堂娜·瓦伦蒂娜的母亲,若论母系血统乃是塞浦路斯的吕西尼昂家族的后裔,这位外祖母就将突然出现的蛇视为死亡的征兆①。他稍感心安。这桩不幸证实了他的预感,让他略微恢复了平静。

风从敞开的大窗户灌进来,灯盏的火苗摇曳不定。东边,巴西利卡塔的群山让黑夜显得更加幽暗;灌木丛的大火让人隐约看见溪流干涸的河道。女人们用那不勒斯或卡拉布里亚方言高声唱着哀歌。

无边无际的孤独感包围着瓦伦蒂娜的两个孩子。安娜让弟弟发誓永远不要抛下她。米盖尔回到房间为启程做准备,他想起来,幸好圣诞节就要乘船去西班牙了。

回程比来时漫长得多,路上用了差不多一个星期。仍旧是那辆将他们从那不勒斯带来的大型四轮马车,安娜和米盖尔并排坐着,母亲的棺椁放在车厢最里边,

---

① 欧洲中世纪传说中人身蛇尾的仙女梅露西娜(Mélusine)被塞浦路斯的吕西尼昂家族视为祖先。据传说,每当家族里有不幸降临,梅露西娜就会化身为蛇出现,发出悲鸣。

跟他们面对面。仆人们乘坐的车跟在后面,车上覆盖着黑色帷幔。他们的行进速度很慢;一队苦修者步行跟随在四轮马车两侧,手持大蜡烛,念诵着连祷文。

他们每到一个驿站都换马。晚上,如果附近没有修道院,安娜和女仆们就只能找个破旧的宿处将就过夜。如果村子里没有教堂,瓦伦蒂娜的灵柩就停放在空地上,临时安排人守灵;堂·米盖尔尽量少睡觉,夜里大部分时间他都用来祷告。

天气仍然酷热,一路尘土飞扬。安娜看上去灰头土脸。她紧贴前额和两鬓的黑发上蒙了一层厚厚的白灰,连眉毛和睫毛都看不出来了;他们两人的脸色看上去都像干了的黏土。他们嗓子干渴;米盖尔担心发烧,不许安娜喝蓄水池里的水。马车外面,苦修者们手持的大蜡烛折弯了。继夜间成群袭来的虫虱和蚊子之后,白天有无数苍蝇飞来侵扰,挥之不去。安娜想休息一下眼睛,吩咐放下马车的窗帘,遮挡一下路面的反光和晃动的蜡烛;堂·米盖尔激烈地反对,断定那样会令人窒息。

一路上,哼哼唧唧祈祷的乞丐也来纠缠不休。叽叽喳喳的小孩们吊在车轴上,车轮每转动一下都有可能让他们掉下来,将他们压残或碾死。堂·米盖尔时不时扔下一枚硬币,想摆脱这帮吵闹的孩子,然而无济于事。正午时分,乡村几乎总是空无一人,他们仿佛在海市蜃楼中前行。到了晚上,衣衫褴褛的农民们没有鲜花,就抱着一束束香草前来。人们尽量将这些东西堆放在棺木上。

堂娜·安娜没有哭泣,她知道弟弟对眼泪深恶痛绝。

他紧靠着马车的角落,离她尽可能远,好让她的座位宽绰些。安娜嘴里咬着一条花边小手帕。马车缓慢的行进速度,手持蜡烛的那些人念诵的连祷文,让她昏昏欲睡,恍若置身幻景。碰到崎岖不平的路段,车子颠簸起来,将他们撞到对方身上。有几次,他们吓得浑身颤抖,担心阿格罗波利的车匠匆匆交付的棺木从车上掉落下去,摔裂开来。不久,尽管隔着双层木板,一股寡淡的气息还是混在干草的芳香里散发出来。苍蝇聚集得愈发多了。每天早上,他们往身上喷洒很多香水。

第四天正午,堂娜·安娜昏厥过去了。

堂·米盖尔派人去叫他姐姐的一个女仆来。那个女孩迟迟不来;安娜如死人一般,他解开她的衣襟;他焦急地摸索心脏的位置；心脏在他的手指下重新搏动起来。

安娜的贴身侍女终于拿来了香醋。她跪在女主人跟前，用醋润湿她的脸。她转身取醋瓶时瞥见堂·米盖尔，忽地站起身来问道：

"大人，您不舒服吗？"

他站着，头靠在车门上，双手仍在颤抖，脸色比他姐姐还要惨白。他说不出话来，只打了个手势说没有。

因为马车前排座位可以容下三个人，米盖尔说安娜有可能再次昏厥，便命这位女仆留在她的身边。

路上又走了两天。炎热和尘土不见减退；时不时地，这位贴身女仆用一方沾湿的棉布擦拭安娜的脸。堂·米盖尔的双手不停地相互摩挲，仿佛要擦掉手上的什么东西。

他们进入那不勒斯时正值黄昏。百姓们跪在瓦伦蒂娜灵柩经过的路上：她深受爱戴。在人们满怀同情的叹息声里，混杂着对圣埃尔莫要塞总督怨恨的低语：政权的敌人们指责堂·阿尔瓦将妻子送去那个有害健康的领地，让她发烧以致殒命。

第三天,葬礼在圣多明我西班牙教堂隆重举行。姐弟二人并肩出席。回到家中,堂·米盖尔派人去向父亲请求见面。

　　德·拉·塞尔纳侯爵在书房里接见了他,他面前的书桌上堆满密探们的报告,以及副王命令他监视的可疑分子和政治犯的名单。堂·阿尔瓦的主要职责是镇压叛乱,倘若必要的话,有时也会煽动一场叛乱,以便将闹事者一网打尽。他的一身黑衣不仅仅是为了瓦伦蒂娜:多年前,自从他第一次婚姻生下的儿子死去后,这个男人就一直服丧,他有自己表达忠诚的方式。

　　他没有询问堂娜·瓦伦蒂娜去世的任何细节。米盖尔声称母亲去世之后,那不勒斯成了他的伤心之地,他想知道是否有可能提前出发去西班牙。

　　堂·阿尔瓦继续翻阅刚从马德里送达的信函,头也不抬地答道:

　　"据我看,此事欠妥,先生。"

　　看到堂·米盖尔不出声,站在那里咬嘴唇,他又补充一句,好打发他走:

　　"你过些时候再跟我谈吧。"

米盖尔回来后仍然着手准备旅行。安娜则忙于收拾母亲的遗物。在她看来,米盖尔对母亲的爱胜过了手足之情;他们几乎不见面;似乎随着瓦伦蒂娜离世,他们之间的亲密关系也烟消云散了。直到此时,她才明白母亲的死给她的生活带来的变化。

一天早上,望弥撒回来,他在楼梯上碰见安娜。她看上去哀伤欲绝。她对他说:

"我已经一个星期没有看见你了,弟弟。"

她向他伸出手去。一向骄傲的安娜竟屈尊说道:

"唉,弟弟,我多么孤独!"

她的样子让他心软。他对自己羞愧不已。他怨自己不够爱她。

他们又回到从前那样的生活了。

每天下午,阳光洒满房间时,他都会来。他在她对面坐下;安娜做针线,但更多时候,她停下懒洋洋的双手,将活计放在膝盖上。两人沉默不语;从半掩着的门的另一侧,传来女仆们纺车的嗡嗡声,令人安心。

他们不知该如何打发光阴。他们又开始读书,然而再也没有瓦伦蒂娜温柔的嘴抑扬有致的诵读,再也没有她面带微笑的解说,塞涅卡和柏拉图都变得索然无味。米盖尔不耐烦地随手翻翻书,读上几行,又拿起另一本,随即又扔在一边。一天,他在桌上看见一本拉丁文《圣经》,那是他们在那不勒斯的一位亲戚留给瓦伦蒂娜的,此人改信了福音派,后来去了巴塞尔,要不就是英格兰。堂·米盖尔拿起来随手翻开几处,像抽签那样东一处西一处念了几段。突然,他停下来,漫不经心地把书放下,后来离开时顺手带走了。

他急不可待地回到自己的房间,翻开刚才做了标记的一页;他一读完,立即又重新开始。这是《列王纪》里的一段,讲述暗嫩强暴他的妹妹他玛的段落①。一种此前他从来不敢直面的可能性出现在眼前,让他惊恐不已。他将《圣经》扔到抽屉深处。堂娜·安娜执意要整理母亲的书籍,向他索要了好几次。他总是忘记归还给她。她也不再想这件事了。

有几次他不在的时候,她去过他的房间。他想到她可能会翻开这一页,便害怕得发抖;他出门前总会将这本书仔细锁好。

他为她念神秘主义者们的作品:莱昂的路易斯,十

---

① 见《圣经·撒母耳记(下)》第13章。

字若望修士,虔诚的德兰嬷嬷。然而,这些交织着呜咽的叹息令他们疲惫不堪;表达上帝之爱的炽热而模糊的措辞,较之那些颂扬尘世之爱的诗句,更令安娜心动,说到底两者差不多是一回事;这些虔诚的人物幽居在西班牙修道院的高墙后面,安娜永远无缘得见,然而近来读到他们倾吐的这些情愫,如葡萄汁一般令她沉醉。她仰着头、双唇微张的样子,让堂·米盖尔想到画家们笔下那些迷狂的圣女,个个柔弱无力,全身心沉浸在上帝之爱中。安娜感觉到弟弟的目光望着自己;她不知为何有点难为情,便重新挺直身子;有时一位女仆走进屋里,两人一下子脸色煞白,仿佛同谋一般。

他变得生硬起来。他不断责备她的懒散,她的仪态,她的衣着。她一一领受,毫无怨言。他厌恶贵族女子中常见的袒胸装束,安娜为了迎合他,束在紧身胸衣里透不过气来。她在言语之间流露出柔情,遭到他严厉训斥;末了,她只好跟他一样不苟言笑。这样一来,他担心安娜是不是猜到了什么;他偷偷观察她,她感到自己被窥视,就连最微末的小事也会引发争吵。他不再将她当作姐姐对待;她察觉到了;夜里她为此流泪,寻思自己究竟什么地方冒犯了他。

他们经常一起去多明我会的教堂。一路要穿过那不勒斯全城;马车上满载着护送灵柩回来的记忆,让米盖尔不堪承受;他坚持要安娜带上随从侍女阿涅希娜。她疑心他迷上了这个女子。她无法忍受这种勾当;再说,她一向看不惯这位放肆无礼的侍女,便找个借口将她辞退了。

十二月初到了,堂·米盖尔开始打点行装,他甚至雇了一名旅途上需要的侍从。他数着日子,尽量高兴地想着日子过得真快,但他并不感到轻松,反而愈发沮丧。他独自待在房间里时,使劲要将安娜面部最细小的特征刻在自己的记忆里,就像他到了马德里,在远离她的地方,必定会做的那样。但他越想记住,她的样子就愈加模糊不清;一想到以后再也无法准确地回忆起她唇边的一条细纹,眼睑的特别形状,白皙的手背上的一颗美人痣,他便感到痛不欲生。这时,他就会突然横下心来,来到安娜的房间,带着一种沉默的贪婪审视她。一天,她对他说:

"弟弟,如果这趟旅行让你痛苦,父亲也不会强迫你去。"

他一言不发。她以为他期待着出发,尽管这样的情感证明他对安娜缺乏眷恋,她并不为此感到难过:如今她知道了,那不勒斯再也没有任何其他女人让堂·

米盖尔留恋。

翌日,晚上近十点,堂·阿尔瓦派人来叫他。

米盖尔以为父亲要向他叮嘱旅途上需注意的事项。德·拉·塞尔纳侯爵让他坐下,然后从桌上拿起一封拆开的信,递给他。

这封信来自马德里。总督的一名密探用隐晦的措辞谨慎地报告梅迪纳公爵突然失势的消息。米盖尔此行前往卡斯蒂利亚,原本正是要投到这位亲戚门下充当侍从。他慢慢翻看信纸,然后默不作声地还给父亲。父亲对他说:

"你已经从西班牙回来了。"

侯爵见堂·米盖尔显得有些激动,忍不住补了一句:

"我原来不知道你竟如此急于放纵野心。"

接着,他以傲慢而不失客气的语气,含含糊糊地承诺会考虑给予堂·米盖尔一定补偿,替他在当地另找一个与他身份相称的职位。他补充道:

"手足之情大概让你宁愿留在那不勒斯吧。"

堂·米盖尔抬眼望着父亲。这位绅士的面孔如同往常一样深不可测。一名缠着奥斯曼宫廷侍从官头巾的仆人走进来,给总督送来就寝前的葡萄酒。堂·米盖尔告退了。

走到外面，他感到一阵幸福的眩晕。他不停地自言自语：

"是上帝不愿意。"

命运意外逆转，卸掉了他的全部责任，似乎提前证明了他并无过错；霎时间，他感到自己可以率性而为，不禁飘飘然起来。他朝安娜的套房跑去，此时她应该是独自一人。他要亲口告诉她，他留下来了。她会很高兴。

安娜的走廊和前厅一片漆黑。一线微弱的亮光从门缝下透出来。米盖尔走近前去，听见安娜在祷告。

他立即想象安娜的样子，肤色比她的衣袍还要白，正在全神贯注地祷告上帝。偌大的要塞在沉睡之中，他只听见这个低低的、平稳的声音。一句句拉丁文清晰地散落在寂静中，宛如一阵清冷的骤雨洒下的雨滴，让人冷静下来。堂·米盖尔不知不觉合上双手，一起祷告。

安娜不出声了；那道光线熄灭了；她大约躺下了。堂·米盖尔一小步一小步往后退。最后，他突然想起有可能在前厅或者楼梯口碰上一个仆人。他回到自己房里。

他遏制不住放纵的冲动。他的教父，堂·安布罗西奥·卡拉发，刚刚送给他两匹柏柏里矮种马，作为他的十九岁生日礼物。他开始训练这两匹马。他的房间原本跟堂娜·安娜在同一层楼上，位于要塞的同一个区域，他从那里搬走，在城堡最远的另一端，靠近总督专用马厩的地方挑了一间房住下。

他父亲以为米盖尔未能去西班牙一展宏图，正懊恼不已。安娜将米盖尔搬走视为冒犯，但她以为那是因为他猜疑自己阻挠了他的旅行计划。她不敢当面申辩；出于骄傲，她也不肯抱怨，然而她的忧伤一望而知。偶尔，两人在圣埃尔莫要塞的大厅或过道里相遇，他会生硬地责问她，为何要装出一副悲戚的样子。

他强迫自己到副王的宫廷里应酬。他在那里几乎没有朋友；西班牙总督的强硬姿态引起半岛上全体贵族的敌意。米盖尔在嘈杂的人群里独自徘徊，丰腴的那不勒斯美人们个个珠光宝气，巧施粉黛，在明亮的枝形吊灯下袒露前胸，她们矫揉造作地卖弄风情，令他嫌恶不已。有时，安娜也不得不出席这些节庆场合。他远远看着她，他们中间隔着人群，她身着一袭黑衣，厚厚的裙子衬垫让她的腰身变得出奇地宽大；一种更加沉重的烦闷从带边饰的天花板上掉落下来，其余一切活人在他眼里只不过是暗黑的幽灵。早上,堂·米盖尔出现在港口某个低矮的小酒馆门口,他病倒了,冷得瑟瑟发抖,疲惫不堪,跟黎明前的天空一样阴郁。

不止一次,他在一家下等妓院的过道里遇见堂·阿尔瓦。他们谁也不愿与对方相认;何况,依照出现在这种场合的惯例,堂·阿尔瓦戴着面罩。然而,接下来的几天里,倘若堂·米盖尔在进出圣埃尔莫要塞的暗道里与父亲擦肩而过,他似乎在那张高深莫测的面孔上辨认出一丝嘲弄的微笑。

他尝试与交际花们往来。然而在他眼中,即便妙龄女子也如希律王的罪孽一样苍老。他给偶遇的友伴付酒钱,任由酒馆里的女人靠在他的肩头,而他的臂肘支在桌上,陷入一成不变的沉思。

一天夜里,在托莱多街的一家下等妓院里,他两肘支在膝头,手捧着脸,看一个女子跳舞。她不漂亮,脸色阴沉,嘴角带着以卖欢为业的人常有的苦涩皱纹。她只有二十岁上下,然而那副凄惨的肉体一看便知已经在无数次搂抱中遭到摧折。也许是上面有个客人已经等得不耐烦,老鸨靠在楼上的栏杆上喊道:

"安娜,你来不来?"

他带着厌恶的醉意,起身离去。

他一出门，立即察觉到有人在跟踪他。他折向旁边一条小街。已经不是第一次，他感觉到有人尾随；他加快步伐。通往圣埃尔莫要塞的上坡路又长又陡。他一边走，跟每次拂晓时分才归家时一样，看见安娜的护窗板半开着。到了要塞前的眺望台，他回首看见沃梅罗山丘的坡道上，自己的侍从莫内基诺·德·阿亚正往上走。

　　此人受雇于米盖尔之前，曾经长期跟随堂·安布罗西奥·卡拉发，深得信任。他家世颇好，据说从前的境况也不错。一开始，他坦诚的神态博得了新主人的好感；然而，几个星期以来，堂·米盖尔察觉这个无可挑剔的仆人在监视自己。他在城堡的过道里意外撞见过莫内基诺·德·阿亚正在与他姐姐的女仆们神色诡异地密谈。还有两三次，他看见一位女仆领着此人走进堂娜·安娜的房间。他被内心的挣扎弄得神思涣散，心生自己都认为可鄙的猜疑，为此不得安宁。根据他在宫廷和酒馆的交往中获得的经验，他知道女人们一旦异想天开，后果相当危险，令人忌惮。

　　他想过到门口偷听。然而他生性骄傲，做不出这种卑下的行为。

　　时值狂欢节期间，安娜加倍祈祷。莫内基诺·

德·阿亚向她报告了堂·米盖尔的所作所为;这些原本稀松平常的罪孽,自从她得知自己的弟弟犯过,在她眼里就变得更加令人嫌恶。她禁不住想入非非,这让她愈发伤心绝望,意乱神迷。她想找他谈话,然而日复一日地延宕。

一天早上,他正准备去望弥撒,看见她走进来。她见房间里还有其他人,顿时怔住了。莫内基诺·德·阿亚在窗下,正忙着修理鞍辔。米盖尔指着此人对安娜说:

"你要找的人在这里。"

堂娜·安娜脸色煞白;若不是堂·安布罗西奥·卡拉发举荐的人上前说话,两人会一直沉默下去。

"大人,"他说道,"我不该对您有所隐瞒。堂娜·安娜对您的行为感到担忧,请我对您多加留意。她比您年纪稍长。我想您不该怨恨您的姐姐,她对您满怀柔情。"

米盖尔的脸色一下子变得明朗些了。然而,他似乎更加气恼,高声喊道:

"好极了!"

然后他朝姐姐转过身来:

"这样说来,你买通这个人是为了监视我!早上,我回来时,你总像个被抛弃的情妇一样等候我!你有这个权利吗?你对我有监护权吗?我是你的儿子,还是你的情人?"

安娜伏在椅背上抽泣。米盖尔见她掉泪,似乎心软下来。他吩咐莫内基诺·德·阿亚:

"请送她回去。"

房间里剩下他独自一人时,他坐在刚才安娜坐过的椅子上,一阵狂喜,心里想:"她嫉妒了。"

他站起来,走到镜子前,支起双臂定睛看自己,直到眼睛发花,眼前一片模糊。莫内基诺·德·阿亚回来了。堂·米盖尔支付了他的薪水,一言不发将他解雇了。

他的房间窗户正对着要塞的护墙,俯身可看见下面的一条巡逻小道。这条路已经废弃,但总督有时会取道此处。不远处有一道阶梯通往棱堡,似乎堂·阿尔瓦时不时会将一些风尘女子召至那些空无一人的小屋里。有时,夜里会传来拉皮条的女人和妓女们压低的笑声。她们上楼梯时,灯笼晃动的火光里映出一张张涂脂抹粉的脸。这类事情令米盖尔感到厌恶,最终却也打消了他的顾虑,向他证明肉体具有万能的权力。

过了几天,安娜回到自己房间时,看见了她屡次向弟弟索要的那本堂娜·瓦伦蒂娜的《圣经》。书是翻开后倒扣在桌面上的,仿佛有人阅读中断时想在某个段落留下标记。堂娜·安娜拿起书,在书页间放了一枚书签,然后仔细归置到书架上。翌日,堂·米盖尔问她有没有翻阅一下那几页。她回答说没有。他不敢多问。

他不再对她避而不见。他的态度起了变化。他也不再避讳话中有话,自以为这些影射很明显。然而弦外之音唯有他自己明白;如今在他眼里,一切都再明显不过,一切都与他脑子里萦绕不去的念头相关。很多事情令安娜迷惑不解,然而她并不寻求找到其中的意义。她不明白自己为何在弟弟面前感到焦灼不安;只要她稍微触碰到他的手,他就能感觉到她在战栗。他便离远一点。晚上,他回到自己房里,心烦意乱,忍不住落泪,因自己的欲望和顾虑而怨恨自己,他暗自惊恐,不知道第二天同一时刻会发生什么。一天天过去了,任何变化也没有发生。他认为是她不愿意明白,开始恨她。

他不再克制夜间的想象。他急切地盼望入睡前那种半梦半醒的状态；他将脸埋在枕头里，沉入梦乡。他醒来时双手发烫，口干舌燥，仿佛发了一场烧，比前一天更加不知所措。

复活节前的星期四，安娜遣人去问她的弟弟，是否愿意陪她完成七教堂巡礼①。他让人回话说不去。安娜的马车等候着，然后她独自出发了。

他继续在自己的房间里来回踱步。过了一会儿，他忍耐不住，换上衣服出门。

安娜已经参拜完三座教堂。接下来要去的是伦巴第教堂；马车来到奥利维山的广场上，停在一个低矮的门廊前，一群尖声叫嚷的残疾乞丐拥挤在周围。堂娜·安娜穿过教堂中殿，走进圣墓礼拜堂。

那里有那不勒斯阿拉贡王朝②一位国王的塑像，

① 七教堂巡礼是那不勒斯、罗马等天主教城市的习俗，圣周星期四这一天，信徒们要朝拜七座教堂，在耶稣墓前祈祷。

② 1442年，阿拉贡的阿方索五世征服那不勒斯，统一西西里和那不勒斯王国。1458年，阿方索五世去世，西西里和那不勒斯再次分裂。其后直至1501年，那不勒斯王国由阿方索五世的后人统治。阿拉贡王朝时期，那不勒斯的文化和经济繁荣，成为意大利南部的人文主义中心。1504年，阿拉贡的斐迪南二世重新统一西西里和那不勒斯，那不勒斯王国从此归属西班牙王室。

他在情妇们和诗人们的簇拥下，摆出一副守灵到地老天荒的姿态。七个真人大小的泥塑，或跪或蹲在石板上，围着他们追随和热爱的基督的尸体悲泣。每一尊都是一个男人或女人的忠实肖像，他们死去尚不足百年，然而他们哀恸的雕像似乎从耶稣受难的时代起就在这里呜咽了。他们身上还残留着装饰颜料：耶稣鲜血的红色已经剥落，仿佛凝结在旧伤口上的血块。年深日久的油污，燃烧的蜡烛，礼拜堂里昏暗的光线，让这尊耶稣塑像看上去跟惨死于各各他的那个人一样，那是复活之前几个小时，腐化即将开始，连天使们也产生怀疑了。络绎不绝的人群在狭小的空间里挤来挤去。衣衫褴褛者与绅士们摩肩接踵；教士们跟在葬礼上一样忙碌，尽力想在从军舰上下来的士兵中间挤开一条路，后者的面孔因海上的风吹日晒变成棕褐色，上面还刻着土耳其弯刀留下的疤痕。高处的神龛里排列着圣母和圣人们的雕像，头部前倾，按照古老的习俗身披紫纱①，以纪念这场至高无上的哀悼。

　　人群闪开，为安娜让出位置；他们低声传递着她的

---

　　① 据《圣经·新约》，耶稣被钉上十字架之前，遭到犹太士兵戏
　　　弄，被穿上紫袍，戴上荆棘冠冕。四部福音书对此都有记载，
　　　如《马可福音》（15.16—20）和《约翰福音》（19.1—5）。

名字,她的美貌和华贵的服饰让《玫瑰经》暂停了片刻。有人在她面前放下一只黑色天鹅绒垫子;堂娜·安娜跪下来。她朝躺在石板地上的泥塑死者俯下身,虔诚地亲吻他肋上和被钉的双手上的伤口。面纱垂下来挡住她的脸,让她感到不便。她稍稍抬起头,正想将面纱撩到后面,感到有人在盯着她,便将脸转向右边,她看见了堂·米盖尔。

他定睛看着她,狂暴的神情令她惊惧。一条长凳横在他们中间。他跟她一样,全身黑色。她惊骇不已,脸色比蜡烛还要白,望着身着紫袍的雕塑脚下这尊阴沉的塑像。

她回过神来,想起自己正在祈祷,于是重新低头亲吻基督的双脚。有人朝她俯下身来,她知道是她的弟弟。他说:

"不。"

随后,他仍旧低声说:

"我在门口等你。"

安娜甚至没有想过要违拗他的意思。她站起来,穿过连祷文响成一片的教堂,来到门廊转角处。

米盖尔在等她。四旬斋已近尾声,他们两人都在与长期斋戒引起的烦躁抗争。他说:

"我希望你虔诚的祷告已经结束了。"

她等着他说下去。他接着说：

"难道没有其他教堂,更僻静一些的? 让人欣赏你的时间够长了吧? 果真有必要向百姓传授你亲吻的方式吗?"

"弟弟,"安娜说,"你病得不轻。"

"你察觉到了?"他说。

他问她为何不去伊斯基亚修道院完成圣周期间的隐修。她不敢告诉他,是她不愿离开他。

马车在等候他们。她先上车,他跟着上去。她没有继续参拜教堂,命令下人将他们送回埃尔莫要塞。她挺直身子坐在座位上,神色忧虑而肃穆。堂·米盖尔看着她,想起他们从萨莱诺回来的路上,他姐姐昏厥的情形。

到了城堡,马车在暗道的边门停下。他们一起上楼来到安娜的房间。米盖尔感到她有话要对自己说。安娜一边摘下面纱,一边说道:

"你知道吗,父亲向我提议一桩在西西里的婚事?"

"啊?"他说,"是谁?"

她恭顺地答道:

"你很清楚我不会答应。"

随后,她说自己宁愿去隐居,也许终身放弃尘世生活。她说有可能去伊斯基亚修道院,或者加入那不勒斯的圣克莱尔修会,堂娜·瓦伦蒂娜生前常常造访那座美丽的修道院。

"你疯了吗?"他叫喊道。

他看上去怒不可遏,说:

"你要在那里以泪洗面,为了爱一尊蜡像而燃尽自己吗?我看见了,就在刚才。你以为,因为那个人被钉上十字架,我就允许他成为你的情人吗?你是瞎了眼,还是在撒谎?你以为我会把你让给上帝吗?"

她惊恐万分,向后退去。他重复了好几遍:

"休想!"

他背靠墙,一只手已经掀起门帘准备出去。他喉咙里发出嘶哑的喘气声,喊道:

"暗嫩,暗嫩,他玛的哥哥!"

他摔门而去。

安娜瘫倒在座椅上。刚才听到的喊叫声仍在脑中回响;她恍惚记起来《圣经》讲述的故事;尽管她已经知道自己将要读到的内容，她还是取出堂娜·瓦伦蒂娜的《圣经》，翻开放了书签的地方，那正是暗嫩强暴他的妹妹他玛的段落。她只读了前面几小节，没有往下读。书从她手里滑落下来，她仰面靠在椅背上，想到竟然自欺如此之久，她怦然心跳，惊骇不已。

她似乎感到心脏在扩张，充斥整个身心。她感到柔弱无力，无法抗拒。一阵急促的颤抖传遍全身，双膝靠拢，她倾听着内心的搏动。

当天夜里，米盖尔躺在床上，但他没有睡，仿佛听见什么响动。他不太确定：与其说是一点声响，不如说是有人在微微颤动。他在头脑中已多次经历过这样的时刻，他想是自己发烧了。他尽力想让自己平静下来，他想起来，门是上了插销的。

他不想起身；但他还是坐了起来。仿佛他愈清醒地意识到自己在做什么，他的行为就愈加不由自主。他第一次体验到自我的入侵，感到自己脑子里凡是与这种期待无关的一切，都被逐渐清空了。

他将双脚放在石板地上，轻轻地站起来。出于本能，他屏住呼吸。他不想惊吓她；他不想她知道自己在倾听。他怕她逃走,更怕她留下。门的另一侧,地板在两只赤脚的踩压下发出轻微的嘎吱声。他朝门走去,没有发出任何声响,中间几番停下脚步,才终于倚靠在门扇上。他感觉到她也靠在门上;两人身体的颤抖通过木门彼此传递。四周一片漆黑:他们在黑暗中各自聆听着欲望的喘息,那是跟自己同样的欲望。她不敢央求他开门。而他,要等她开口才敢开门。他浑身冰凉,感到某种东西触手可及,却又无法挽回;他但愿她不曾来过,又但愿她已经进来。他自己脉搏的跳动让他什么也无法听见。他说:

"安娜……"

她不应答。他慌忙推开门闩。他的双手抖抖索索,拉不动插销。他终于打开,门后已空无一人。

长长的拱廊跟房间里一般漆黑。他听见一双赤脚逃走的声音,又低、又轻、又急,远去,消失。

他等了很久。他什么也听不见了。他让房门大敞,转身回去躺在被窝里。他专心捕捉寂静中的任何一丝颤动,一会儿以为听见衣料的窸窣声,一会儿以为听见一声微弱而胆怯的呼唤。几个小时过去了。他恨自己怯懦,想到她该何等痛苦,他又感到宽慰。

直到天光大亮,他才起身关上门。独自一人在空荡荡的房间里,他想:"她本该在这里的。"

掀开的被子犹如一团团影子。他突然对自己感到一阵狂怒。他扑倒在床上,将自己裹在毯子里哭喊。

第二天,安娜待在自己的房里闭门不出。护窗板紧闭。她甚至没有梳洗更衣:每天早上服侍她梳洗的女仆们照例给她罩上一件黑色长袍,松松垮垮地飘垂在她身上。她禁止任何人进来。她坐着,头靠着椅背上的粗呢,她感到痛苦,没有哭泣,也没有思索。她感到屈辱,既为自己企图要做的事情,也为这种企图的落空。她精疲力竭,甚至无力感受自己的痛楚。

然而,将近天黑时,女仆们前来禀告消息。

正午时分,堂·米盖尔去求见父亲。恰逢这位绅士又一次陷入神秘主义的恐惧之中,每逢此时他都以为自己万劫不复。仆人们经不起米盖尔再三请求,终于让他进了堂·阿尔瓦的祈祷室,后者不耐烦地合上手中的祈祷书。

堂·米盖尔向他宣布,自己即将跟随一艘战舰出发,参与驱逐那些在从马耳他到丹吉尔①的海岸线上流窜的海盗。这些舰船大都装备不良,年久失修,招募船员不问来历,其中不乏冒险家,偶尔还有从前的海盗以及改宗的土耳其人,对这些人发布号令的则是某个临时找来的船长。仆人们不知从哪里得到消息,据说堂·米盖尔当天上午刚刚签订了契约。

堂·阿尔瓦生硬地对他说:

"作为一名绅士,你的想法颇不寻常。"

然而,这个消息对他是沉重一击。只见他脸色发白,对儿子说:

"想一想,先生,我再也没有别的继承人。"

堂·米盖尔定睛望着空无。他的眼神里流露出某种绝望,尽管面部肌肉纹丝不动,脸上却布满泪水。这时,堂·阿尔瓦仿佛明白了,一场残酷的激战或许长久以来在他儿子的心灵里进行。堂·米盖尔正要说话,也许想倾吐真情。他的父亲用手势止住他。

"不必了。"他说,"我估计你正面临一场考验。我无须了解实情。任何人也无权在上帝与一个人的良心之间充当中介。做你自己认为最好的事情吧。我本人

---

① 摩洛哥北部港口,隔直布罗陀海峡与西班牙相望。

已经罪孽深重，无法再承担你的苦难。"

他跟儿子握了握手；两个男人庄严地拥抱。堂·米盖尔走了出来。此后没有人知道他在哪里。

安娜的女仆们见她一言不发，便告退了。

安娜独自一人，此时夜幕已低垂。那天是四月四日，就时节而言，炎热来得太早，令人窒息。安娜又感到心脏躁动起来；她惊恐地察觉，前一晚的狂热又将在同一时辰将她攫住。她透不过气，站起身来。

她向阳台走去，打开护窗板，夜色涌了进来，她背靠在墙上喘气。

阳台十分宽大，连通好几个房间。堂·米盖尔坐在对面的角落里，臂肘支在栏杆上。他没有转身。他听到一阵轻微的颤抖，知道她在那里。他纹丝不动。

堂娜·安娜站在阴影里，怔怔望着。这个圣周星期五①之夜，天空里仿佛闪耀着无数伤口。堂娜·安

① 即复活节之前的星期五，基督徒在这一天纪念耶稣被钉上十字架。

娜痛苦地挺直身体,她说:

"弟弟,你为什么不杀死我?"

"我想过。"他说,"我宁愿你死去。"

这时,他才转过身来。半明半暗中,她隐隐看见这张仿佛被泪水侵蚀而变形的脸。她事先想好要说的话停在了唇边。她朝他俯下身,满怀哀伤和同情。他们紧紧拥抱在一起。

三天后,堂·米盖尔来到多明我会教堂参加弥撒。

星期一那天,晨曦初露,他就离开了圣埃尔莫要塞。老百姓将这个日子称作天使的复活节,因为从前曾有一名上天的使者来到一座坟墓前,对那里的妇人们讲话。在高处灰蒙蒙的城堡里,一个人在房间门口送别他。他们静默无语,久久不愿分离。他不得不轻柔地将两条温热的、紧紧缠在他颈项上的手臂解开。他的嘴里仍残留着泪水的酸涩滋味。

他狂乱地祷告。一遍接一遍,每一次都比前一次更加热切;每一次,他都产生新的冲动,恨不得立即开始第三遍祈祷。他感到一种醉酒后的眩晕,似乎身体卸下了重负,灵魂也获得自由。他无怨无悔。他感谢上帝,让他领受了这份给养才终于启程。她恳求过,要他留下;但他仍然在预定的日子出发了。他信守对自己的承诺,不负向来养成的荣誉感;并且在他看来,他付出的巨大牺牲也是对上帝的许诺。他双手捂脸,以便更好地与一切隔绝开来,然而指间仍残留着爱抚过的肌肤的余香。他对生命已然无所期待,他奔向死亡,仿佛奔向一个必然的结局。他确信自己的死亡将如同生命一样完满,不禁喜极而泣。

信众们纷纷起身去领圣体。他没有跟随他们。他不是为了复活节的圣餐礼而忏悔;他将秘密珍藏在心底,即便对神甫也守口如瓶。不过他还是尽可能靠近站在祈祷凳另一侧的主祭神甫,以便让圣体的法力降临在自己身上。这时,一束阳光顺着近旁的一根柱子投射下来。他将脸颊贴在这光滑柔和的石头上,如同亲近一个人。他闭上眼睛,又祷告起来。

他不是为自己祈祷。他有一种朦胧的直觉——或许来自一个曾经在异教徒麾下征战的祖先,尽管此人连他也不知晓或未得到承认——这种直觉让他相信,所有在与异教徒交战中死去的人都能够得救。他是为了寻求死亡而上路,死亡将使他无须祈求宽恕。他热烈地祈求上帝放过他的姐姐。他不怀疑上帝会同意他的请求。这是他的权利，他必须得到。在他看来，他的牺牲包裹着她，将她和自己一起提升到永恒的真福之境。他离开了她；他相信自己并没有抛下她。分离的断肠之痛已不再流血。这个早上，一群哀泣的女人发现面前只不过是一座空坟，然而堂·米盖尔对生命、对死亡、对上帝满怀感激之情。

有人将手放在他的肩上。他睁开眼睛；来人是费尔南·比尔巴兹，是他将要登上的那艘船的船长。他们一起步出教堂。到了外面，葡萄牙冒险家告诉他海上无风，船只要推迟几天才能出发；船长让他先回家，随时待命，只等一丝风起便要启航。堂·米盖尔回到圣埃尔莫要塞，但他没有忘记将一条长围巾系在安娜的护窗板上，一旦起风就能听见拍打的声音。

第三天拂晓时分，他们听见丝绸簌簌作响。流泪告别的场面跟两天前一样重演，有点像梦境常常会重现。然而，也许他们两人谁也不再相信永久的告别。

几个星期过去了；将近五月底，安娜得知了堂·米盖尔死去的情形。

费尔南·比尔巴兹指挥的船只在非洲与西西里岛

之间的半路上，与一艘阿尔及利亚海盗船遭遇。一阵炮轰之后，两船相撞。撒拉逊人的船沉没了，西班牙舰只虽然获胜，然而帆缆俱损，桅杆折断，无法继续航行，在海上漂流了数日，任由风吹浪打。最终，一阵狂风将船吹到离西西里小城卡托利卡不远的浅滩上。其间，在战斗中负伤的人员已死去大半。

附近一个村子里的农民，也许指望捞到点儿好处，朝这条已经不成样子的船跑来。费尔南·比尔巴兹让人挖了一个大坑，在卡托利卡副本堂神甫的帮助下，为死者们举行了葬礼。堂·阿尔瓦在西西里的这个地区拥有大片田产；当地人听见堂·米盖尔的名字，便将他的遗体虔诚地停放在卡托利卡的教堂里过夜；随后将灵柩送往巴勒莫，再从那里用船运送到那不勒斯。

堂·阿尔瓦听闻这个结局，只说了一句：

"死得其所。"

然而这个消息令他颓丧。米盖尔出生之前几年，他还未成年的第一个儿子就跟母亲一起被一场瘟疫带走。这对母子的去世让堂·阿尔瓦不得不再次缔结婚约，但这第二次婚姻竟然还不如一场空。他为米盖尔的死感到悲伤,同时哀叹自己为扩大和巩固家产所做的努力付之东流,他的家业大厦尚未落成,竟眼看着无人入主。他的血脉和姓氏将随着他而终结。米盖尔之死虽说并未让他完全背弃绅士的职责,却再次提醒他一切皆是虚无,将他进一步推向苦行或者放荡。

堂·米盖尔的遗骸在黄昏时分抵岸,暂时停放在离港口不远的海上圣若望小教堂里。这是一个六月的夜晚,雾气弥漫,沉闷而温和。安娜在夜幕降临时来到教堂,她命人打开灵柩。

几支火把照亮了教堂。米盖尔左肋上有一道明显的伤痕,这让安娜希望她的弟弟没有忍受太久的痛苦。然而谁知道呢?或许相反,他跟其他垂死者一道躺在折断的甲板上,经历了长时间的煎熬才死去。费尔南·比尔巴兹自己也记不清楚了。两三个僧侣在一旁念经。安娜心里想,这具已经开始解体的尸体还将在这些木板之间继续腐烂,她羡慕这腐烂的物质。有人过来将棺木再次钉上,安娜想在自己身上找寻一样可以放在里面的东西。她没有想到让人送些花来。

她的颈上挂着一只加尔默罗山的圣牌,米盖尔出发前曾多次亲吻过。她将它摘下来,放在弟弟的胸前。

德·拉·塞尔纳侯爵越来越不得人心,出于审慎,他认为自己最好不要参加将遗体移至圣多明我教堂的仪式,葬礼将在那里举行。移灵在夜间悄悄进行;安娜坐在马车里跟随在后面。她的模样令女仆们无不动容。

翌日,葬礼隆重举行,宫廷全体出席。堂·阿尔瓦跪在祭坛边,定睛望着高高的灵柩台;重重黑纱和徽章覆盖之下,已经看不出棺椁的轮廓;各种各样的幻象在这位绅士的脑海里掠过,如山地一样枯寂,如苦修衣一样粗粝,如《末日经》一样令人断肠。他看着这些纹章,它们是门第的虚荣,说到底,只不过让每个家族回忆起自己逝者的数目。尘世连同它的虚妄和享乐,在他眼里成了裹在一具骸骨之上的绸缎尸衣。他的儿子,同他一样,品尝过这种灰烬的滋味。说不定,堂·米盖尔已经被罚入地狱;堂·阿尔瓦怀着一种宗教恐惧,想到自己也有可能受到同样的惩罚;他陷入沉思,想到肉身仅仅因为几次享乐的短暂颤动,就将遭受永恒的惩戒,然而这种享乐并非幸福。他说不上爱过这个儿子,但是,现在他感到一种更亲密和更神秘的亲缘关系将他们联系在一起:那是建立在男人与男人之间的亲近感,通过种种凄惨的过失,同样的焦虑,同样的抗争,同样的悔恨,同样的尘埃。

安娜在他对面,教堂中殿的另一侧。这张泪光盈盈的面庞让堂·阿尔瓦想起米盖尔的脸,就是那个圣周星期五,当时他的儿子前来向他宣布自己即将出发,他已经踏在死亡——或许也是罪孽——的门槛上。他终于在脑子里将从前的一些迹象聚拢到一起,安娜狂野的绝望,乃至女仆们令人不安的缄默,让他对此前不允许自己去了解的事情起了疑心。他望着安娜,心怀憎恨。这个女人令他恐惧。他心里想:"是她杀死了他。"

民众对堂·阿尔瓦的敌意骤然加剧。

堂·安布罗西奥·卡拉发有一个弟弟,名叫利贝里奥。这位年轻人从古代诗人和演说家那里得到滋养,矢志为祖国意大利效力。卡拉布里亚暴动引发群情激愤,他趁势鼓动农民反抗税官,参与密谋,被迫逃亡。当局高价悬赏他的人头;人们都以为他安安稳稳地待在自己家族的某个城堡里,不料这时传来消息,他刚刚被囚禁于圣埃尔莫要塞的监狱。

副王此时不在那不勒斯。堂·安布罗西奥·卡拉发来见总督,请求他缓期执行死刑。堂·米盖尔的教父对德·拉·塞尔纳侯爵说:

"我只向您请求缓刑。我爱利贝里奥如同自己的孩子。他只不过跟堂·米盖尔一般年纪。"

堂·阿尔瓦答道:

"我的儿子已经死了。"

堂·安布罗西奥·卡拉发明白一切希望都落空了。他对堂·阿尔瓦恨之入骨,然而也同情他;他对这种不可撼动的坚定也不无钦佩。倘若他得知总督在服从奥利瓦莱斯伯爵亲口下达的命令,并且伯爵将会矢口否认,他会更加钦佩总督的定力。

几个小时后,人们获悉利贝里奥人头落地的消息。自那时起,堂·阿尔瓦愈发深居简出,他只在重兵护卫之下偶尔出行;或者相反,他在夜幕降临后戴上面罩,前往城里那些虔诚或享乐的场所。有人认出他来,向他投掷石块;他回到圣埃尔莫要塞,从此闭门不出。这座城堡,如同西班牙国王压制那不勒斯的一只铁拳,遭到民众的痛恨。

安娜每晚前往圣多明我教堂。她从路上经过时，即便她父亲的死敌也心怀怜悯。她命人打开小礼拜堂，木然地待在里面，没有流泪，甚至忘记祷告。那些晚间前来教堂的信众透过铁栅栏看见她，不敢说出她的名字，害怕这个酷似墓穴上方雕塑的身形转过头来。

人们以为她会进修道院。但是她终究不愿做任何事。她的生活表面看来跟从前没有两样，然而她每天的日子遵循着近乎修道院的戒律，她穿着苦行者的粗布衣，为的是不要忘却自己的罪孽。她让人做了一条窄窄的木板，夜晚她就躺在上面，再也不愿到旁边宽大的床榻上就寝。她从梦中醒来，孑然一身。这时，她绝望地想到，一切都已如同幻梦一样逝去，而她没有留下凭据，她终有一天会忘记。为了重温这一切，她尽力沉陷到记忆中去。她心中丝毫不去设想未来。安娜的孤独感如此凄怆，或许她热切地祈求着某种东西，而对大多数女人来说，期待这种东西的来临会令她们万分恐惧。

副王奥利瓦莱斯伯爵回到那不勒斯。堂·阿尔瓦前往觐见。伯爵开门见山对他说：

"您早已知道我不赞同您的做法。"

堂·阿尔瓦低头鞠了一躬。奥利瓦莱斯伯爵接着说：

"不要认为我这样做是出于私利。我刚刚接到国王将我召回的信函,说不定一位更伟大的君王不久也要将我召回。"

他没有说谎。他病了,水肿得厉害。他继续说：

"斯皮诺拉侯爵①正在为佛兰德斯的战事寻找一位了解尼德兰情况的副将。您从前在这个地方打过仗。我们刚好要通过萨伏依运送一批人和财物去那边,您来指挥吧。"

这无异于放逐。堂·阿尔瓦向奥利瓦莱斯伯爵告辞,他亲吻了后者软绵绵的手,若有所思地说：

"悉听尊便。"

回到家中,他命人转告安娜,让她料理家务,启程在即。

总督来到圣马丁修道院,在这个与他的城堡相邻的要塞里祷告冥想,度过他在那不勒斯的最后几天。

---

① 指安布罗吉奥·斯皮诺拉(1569—1630),出身于热那亚贵族世家。十七世纪上半叶在镇压尼德兰起义的战争中担任西班牙军队统帅,屡建战功。

安娜开始清点造册。轮到清理堂·米盖尔的房间了。自从那天米盖尔因为一名侍从跟她寻衅争吵以来,她再也没有靠近过这扇房门。一推开门,她立即感到身体发软;已经忘却的一幕重现在眼前;米盖尔不顾一切地高声辱骂她,他褐色的脸颊上泛出活力与愤怒的红晕。房间里散乱堆放着贵重的马具鞍辔,弥漫着一股皮革的气味。她心里想,在那一刻,任何无法补救的事情都还没有发生,事情完全有可能是另外的样子;然而她知道,这种想法不过是自欺。然后,她又想起另外一件事,在她记忆的更深处,不过时间距离更近些,她很想忘记自己在一扇紧闭的门后的等待,失望的身体所感到的羞辱,随后被短暂的幸福抹去。她昏厥过去。女仆们打开护窗板让新鲜空气透进来。她仍然感到无力。她出去了。

慎重起见,总督决定将出发时间安排在大清早。安娜的女仆们在火把照亮下为她梳洗穿衣。然后她们抬着箱笼下楼。安娜独自留下来,她朝阳台走去,想在清晨白蒙蒙的天色下,看看那不勒斯以及海湾。

这是九月中旬的一天。安娜靠在栏杆上,俯身搜寻下方的一个个地点,仿佛在一条她再也不会重走的路上搜寻一个个停靠站,每一个她的生命曾经留驻片刻的地方。右边,一座山丘的斜坡挡住了伊斯基亚岛,两个爱沉思的孩子曾经在那里一起拼读一页《会饮》。左边,通往萨莱诺的道路消失在远方。安娜认出了毗邻港口的海上圣若望教堂,在那里她与米盖尔最后一次重逢,她还看见阿拉贡人的圣多明我教堂的钟楼,巍然兀立于层层叠叠的屋顶之上。女仆们回到楼上,发现她们的女主人躺在散乱的大床上,面对回忆,哀哀欲绝。

　　一辆大马车在中央庭院里等候。她上来柔顺地在自己的位子落座,她的父亲已经在车里了。大门口,新总督的佣人们抬着器物和家具,跟即将离去的仆人们发生争吵。马车出发了。他们从城中穿过,此时街上仍然空旷无人,安娜请求在刚刚开门的圣多明我教堂门前停留片刻。堂·阿尔瓦丝毫没有反对。

　　过了好一会儿,侯爵开始不耐烦。女仆们奉命来到教堂里,请堂娜·安娜离开。她很快出来了。

　　她已经放下了面纱。她一言不发回到座位上,生硬,漠然,无动于衷,仿佛她已经将自己的心当作一面还愿牌,留在那座礼拜堂里了。

堂娜·安娜此前已循例撰写了墓志铭。在墓穴的勒脚上这样写着：

他活在我的哀悼中

接下来是西班牙语的姓氏和封号。然后,基座上镌刻着：

安娜·德·拉·塞尔纳-洛斯·埃雷罗斯
他的姐姐
离开坎帕尼亚的原野前往巴达维亚①
谨立此碑
以志永恒之悲
与永恒之爱

---

① 莱茵河河口一带的居民旧称巴达维人,文艺复兴时代他们被
认为是荷兰人的祖先,因此诗歌中常用巴达维亚指代低地国
家。

佛兰德斯的西班牙公主①对德·维尔甘先生心怀感激,这位上校在他位于阿拉斯附近的领地上招募了一支军队,前不久自掏腰包给士兵们支付了拖欠已久的粮饷;公主也知道,军官们对他的勇猛无畏深表赞佩。这个法国人认为自己有义务说西班牙语,然而他那一口生硬的西班牙语好比在全副甲胄上装饰了一道骗人的花边,他属于那些仿佛生来便有两副面孔的人,只需一个眼神就能变节。事实上,没有什么可以让艾格蒙·德·维尔甘对这些夸夸其谈的意大利人和西班牙人保持忠诚,在他眼里,这些人不过是金玉其表的叫花子,其中不少人还是私生子,他们腐败的血脉不能与他的身世相提并论。对那些曾经暗示他不过是新晋贵族的人,他怀恨在心,只待日后以巧妙的方式加以羞

---

　　①　西班牙国王菲利普二世之女奥地利的伊莎贝拉,她与丈夫阿尔贝大公一起统治佛兰德斯。

65

辱,再说,如果运气姗姗来迟或者政治风向改变,他总可以转向法国一边。

在布拉班特,帕尔马公爵前往觐见公主的前一晚,他在驶向军营的马车里向他的下属描述了时局状况。说实话,北方七省①已无可挽回地失去了;西班牙舰队在海上遭受重创,难以恢复元气,再也无法宣称可以在这一带漫长的海岸线上巡航,岸边的沙丘已经覆盖了太多死者。在内陆,的确,不少好城市重新表示效忠。然而,他承认若要偿付阿拉斯富裕市民供给的物资则相当困难,而德·维尔甘先生由于母亲家族的缘故,与那些毛呢和葡萄酒商人关系密切。他补充说,为了王室的事业,一笔借款既是一份荣誉,也是一张对未来有利的汇票:只需等到下一批从美洲回来的商船,就可以偿还这笔款项。上校微笑不语。

随后,圆滑的意大利人漫不经心地指出,公主出于政治考量,有意让几位来自西班牙的佳丽在佛兰德斯缔结姻缘,如果能攀上其中一门亲事,对一位出身良好但在宫廷缺少靠山的绅士而言,不失为在大公和他那

---

① 西属尼德兰包括十七个省,其中北方七省经过抗争脱离西班牙统治,1581 年宣告独立,成立联省共和国。实际上,直到 1648 年八十年战争结束时,西班牙才正式承认其独立地位。

拥有王室身份的夫人面前崭露头角的良机。德·维尔甘先生虽说对家庭生活了无兴趣,然而一门光宗耀祖的婚事仍然令他动心。他只回答说看看吧。

公主本人成婚时已不年轻,她常年身着修行的素服,原本更愿意跟女侍从们幽居在教堂的阴影之下;然而,她并不反对她们佩戴符合自己身份的珠宝,也不反对适度的游戏,甚至不反对绅士们的殷勤表现,她精心挑选这些绅士,伺机促成良缘,以巩固她的和解政策。或许,她羡慕这些笑盈盈的眼睛,有时它们也含着孩子气的泪光,但里面从来不会有挥之不去的军队、舰艇和堡垒。这天,一个阴雨绵绵的黄昏,公主坐在高大的壁炉边,忧郁地看着眼前的女侍从们,心里在想不知该让哪一位成为牺牲品。她跟她们说话,句句不离为王室事业尽忠和顺从天意。年轻女子们在她探测的目光下不禁往后退避:其中几位已心有所属,她们担忧不得不与意中人分离,皮拉尔、玛丽亚娜和索莱达则祈求自己千万不要被选中。

然而公主的目光转向女侍从中最新来的一位。安娜·德·拉·塞尔纳,时年二十五岁,她也是最年长的。自从她的弟弟三年前死于为国王效力的事业,她一直身着黑衣,华贵的衣料为她的丧服平添了几分气派。

"我跟令尊大人提到这桩婚事。"公主说,"他让您自己选择,是成家还是进修道院。"

人们都以为她会选择修道院。不料她的低声回答让同伴们吃了一惊。

"我对婚姻并无兴趣,夫人,然而我也没有感到已经准备好将自己交给上帝。"

有人宣告骑士到了。公主起身朝隔壁房间走去。安娜·德·拉·塞尔纳只好跟随。德·维尔甘先生原本只欣赏丰腴的佛兰德斯美人,然而他被这位黑衣女子迷住了,一袭黑衣让她显得更加白皙和瘦小。安娜·德·拉·塞尔纳如同一面战旗,令他感动。

这时有人凑近他耳边说,她将从父亲德·拉·塞尔纳侯爵那里获得在意大利的大片地产。这笔财富因为遥远更显得异乎寻常,他似乎感到已是囊中之物,于是给母亲写信,让她添置家具重新布置他们的巴利库尔城堡。

德·拉·塞尔纳侯爵不久前成为公主的私人咨议会成员,举行订婚仪式之后几天,他在宫中偶然遇见安娜。显然他正处于某一次过度谦卑的发作期,在此期间他会失去理智。他对她说:

"我不再怨恨你。"

她明白,他一直对她怀恨在心。

1600 年 8 月 7 日，安娜的婚礼弥撒在布鲁塞尔的萨布隆教堂举行，公主亲临现场。进行至奉献祭品礼时，安娜昏厥过去，人们将之归因于天气炎热、人群拥挤造成的极端不适，以及裹在身上令人窒息的银丝呢外套。堂·阿尔瓦站在祭坛边上，在漫长的仪式过程中始终保持岿然不动的镇定姿态，就连那些诋毁他的人也肃然起敬：前不久，两名前来刺杀他的加尔文派信徒刚被抓获，因此只要稍有声响，他的随从们都禁不住回头察看。

堂·阿尔瓦也在回头观望，因为，这一天他在不停地审视自己的过往。此人回忆不起来自己曾经全身心地爱过任何一个活人，此时他更多地想起自己的儿子，后者如今已跻身他的幽灵之列。他的头脑有些发昏；他时不时会进入一种神秘的出神状态，将他带往燃烧的国度边缘，那里无形无色，在我们一生的全部作为里，仅余悔恨，绵绵不绝。他不敢直视米盖尔的过失，或许他担心这种过失丝毫不足以令他感到恐惧；然而面对这种激情，他竟感到某种无以名之的羡慕，因为这种激情横扫一切，甚至包括对罪孽的畏惧。爱让米盖尔免遭令人惊恐的孤独，然而他的父亲不能幸免，他所置身的世界，除了上帝，一无所有。他尤其羡慕米盖尔已经受到审判。安娜的婚姻切断了他与自己血脉之间最后的联系，尽管这种联系已经非常薄弱；野心不过是诱饵，再也无法欺骗他；肉体的需求随着年纪渐渐沉默；这可悲的胜利迫使他转向自己的心灵。侯爵心怀忧惧，但已精疲力竭，他感到是时候屈服于那张可怕的巨掌了，说不定一旦他停止抗争，这张巨掌就会变得温厚。

几个月后，他最后一次参加公主的私人咨议会。他的辞呈轻易就被接受了。他为此感到痛苦：他原本希望尘世比上帝更激烈地争夺他。

艾格蒙·德·维尔甘带着妻子回到自己在皮卡第的领地。侯爵仍然对女儿心怀怨恨，但在这个自以为占有了安娜——仿佛一个人不了解女人流泪的原因竟以为能占有她——的外国人面前，他感到自己与女儿之间建立起了一种无言的默契。然而,他们之间的告别很冷淡;堂·阿尔瓦不由得鄙视她苟且偷生;而安娜自己,则抱怨厄运未能将自己揉得更碎。她顺命地忍受这个丈夫,至少她不担心自己会爱上他,她为自己的脸庞、手臂和胸脯已经枯槁而感到欣喜,它们不复是唯有那双已经化为尘埃的手曾经抚摸过的样子。

战争和金钱的烦恼使德·维尔甘先生不能在安娜身上花太多心思。他丝毫不屑于去探究女人举止异常的缘由,安娜在圣周期间整夜祈祷,他对此从不感到惊异。

那不勒斯,1602年7月的某个夜晚,一个衣着贫寒的人敲响了圣马丁修道院的大门。看门的修士小心翼翼打开带铁丝网的窥视孔,一开始不肯放陌生人进门,称天色已晚。末了,来人那种命令的语气让他吃了一惊,他很少听到叫花子用这样的口吻说话,看门修士于是拉开门闩,让陌生人进来。来人跨过门槛时,转身回望。此时正值血红的太阳在本笃会修道院后面缓缓坠落。来人默然望着苍茫的大海,圣埃尔莫要塞高大的护墙被夕阳余晖染成金色,城堡的雉堞挡住了他的视线,他看不见港口,只能看见一艘鼓满三角形风帆的轻型战船正驶出锚地。随后,他猛然转过身来,将帽子压到眼眶上,跟随着向导走上一条长廊。经过翻修一新、装饰华丽的教堂时,他跪下祷告良久。他注意到修士目不转睛地盯着他,似乎担心他是个盗贼。两人终于走进了与圣器室相连的会客室。修士当着来客的面锁上大门,他转动钥匙,发出刺耳的嘎吱声,这才去禀告院长。

来人眼神茫然,仿佛沉浸在祷告中,也不知等了多长时间。同样的嘎吱声又响起了,圣马丁修道院的院长堂·安布罗西奥·卡拉发走进来。两个陪同他的修士在门外停下脚步。他们每人手持一支大蜡烛,暗淡的火苗投射在护壁板上。

院长相当肥胖,已经上了年纪,面容和蔼而沉静。来人脱下帽子,解开斗篷,一言不发地跪下。他低下头时,生硬的灰白色胡子摩擦着紧身外套的绒面。他消瘦的脸只不过是些纵横交错的肌肉,他的双眼直视前方,望着远处,仿佛尽力不看见院长,然而他正是有求于后者才来到此地。

"神甫,"他说道,"我老了。生活留给我的唯有死亡了,我希望后者能比前者好一些。我请求您收留我,让我成为您的修士中最谦卑、最一无所有的一个。"

院长默默审视着这位高傲的祈求者。这个说话的人身上没有首饰,没有衣领,没有绦带,然而,由于疏忽或残存的虚荣,他的颈项上佩戴着西班牙金羊毛①。

----

① 指金羊毛骑士团项链。该骑士团由勃艮第公爵菲利普三世于1430年创立,成员宣誓效忠领主和天主教信仰。随着1477年勃艮第公国并入西班牙哈布斯堡王朝,骑士团的领主权遂归西班牙国王。按照条例,骑士团成员无论在任何场合都应佩戴金羊毛。

来人被院长的目光警醒，他伸手摘下了佩饰。

"您是贵族。"院长说。

来人答道：

"我已忘记一切。"

院长摇了摇头：

"您是富人。"

"我已捐出一切。"来人说。

这时，一道长而尖厉的声音传来，尾音久久才回落下去。这是圣埃尔莫城堡换岗时哨兵的口令，院长看见来人听到这尘世突然传来的回响时不由得微微震颤。堂·安布罗西奥·卡拉发早已认出他就是堂·阿尔瓦。

"您是德·拉·塞尔纳侯爵。"他说。

堂·阿尔瓦谦卑地答道：

"我曾经是。"

"您是德·拉·塞尔纳侯爵。"院长继续说下去，"假如有人得知您在那不勒斯，很多人，也许您并不知晓他们的存在，大概会手持匕首来迎接您。倘若是十年前，我也会跟他们一样。然而您给予我的打击将我抛到尘世之外。如今轮到您也想弃绝尘世了。幽灵们不会在这个和平之地彼此杀戮。"

堂·阿尔瓦正要站起身来，院长补充道：

“堂·阿尔瓦,您现在是我的客人,如同我过去在卡斯泰尔的绿茵办公室里接待您。”

一丝贵族特有的微妙笑容从院长的脸上掠过,若有若无地隐没在肥胖的面皮里。院长察觉到堂·阿尔瓦的脸色变得阴沉了。

“我不该提起过去。”他说,“在这里,您只是上帝的客人。”

这时,堂·阿尔瓦转身看着阴影里的不知何物。从前的恐惧又隐隐向他袭来,他又感受到那种对巨大深渊的惊恐。然而修道院的高墙为他抵御了空虚,在这些高墙之外,还有教会在他周围筑起的另一些更加坚固的高墙。堂·阿尔瓦知道,在这些高墙面前,地狱之门并无胜算。

他的生活,从此,只是苦行。

堂·安布罗西奥·卡拉发在简朴的西多会修道生活中,依然保持着对文学艺术的趣味,并独领一时之风骚。他本人出资让人严格按照维特鲁威①的制

---

① 古罗马建筑师,生活在公元前一世纪,所著《论建筑》一书确立了“坚固、实用、美观”的建筑原则,对后世影响深远。

式重建了修道院的回廊,为了利于对某种虔诚的伊壁鸠鲁学说进行沉思,每根壁柱上方都安放了一个精雕细刻的死人头。院长那肥胖的双手在石头上摩挲,细细察看打磨得是否光洁。对这位贵族而言,宗教或许只是人类智慧的冠冕,无论在一块漂亮大理石的花纹里,还是在一次《卡尔米德篇》的阅读中,他都能看见上帝。他并不违背静默的戒律,倘若花坛里有一朵花在他看来格外令人赞叹,他便微微一笑向人示意。

而堂·阿尔瓦想到的是根系在地下展开的战斗,想到温热的汁液让每一朵花冠都变成淫欲的容器。尚未竣工的建筑看上去如同废墟,仿佛是为了让工头泄气,预先已呈现出它终有一日会变成的样子。他想,长远看来,任何建造者都不过是在修筑一处终将坍塌的屋宇。疲惫的野心给他留下一点酸痛,如同一场发烧过后的感觉;喧嚣散去,寂静仍隆隆作响,令他分外讶异。正午的阳光为每根石头柱子投射出一根阴影的柱子,将回廊上的每一道圆拱在对面墙上分成两扇,如同两列黑白交替的僧侣。堂·安布罗西奥·卡拉发和堂·阿尔瓦从那里经过时相互致意。一人默诵着一位设拉子①诗人的句子,当年他在罗马大使任上,苏丹的一位使者曾为他讲解这些诗句,他在每一朵银莲花里都会看见利贝里奥鲜活的青春。有时人们在枯瘠的土地上挖一个坟墓,另一个人就会想起堂·米盖尔。就这样,他们用各自不同的方式阅读着这本创造之书,从中解读出两种意义。这两种意义其实不分轩轾,因为还没有人知道,究竟一切活着只是为了死去,抑或死去只是为了重生。

---

① 设拉子是伊斯兰世界最重要的文化中心之一,城内有精致的花园和清真寺,波斯诗人萨迪、哈菲兹都在这里出生和去世。

安娜的故事从此只是承受一场漫长而单调的考验。德·维尔甘先生早已离开西班牙阵营,掉头转向法国,这让安娜对他的蔑视有增无减。战争多次毁坏他们的领地;他们不得不尽其所能,挽救佃农、牲畜、动产,然而这些共同的烦忧并未拉近他们之间的关系。安娜的丈夫不能原谅岳丈将家产悉数捐赠给了虔敬的机构;他缔结这门婚姻的至少一部分原因正是为了这份巨大的家业,如今不过是海市蜃楼。他与安娜之间彼此彬彬有礼,再说,他并不认为在跟一个女人的关系中有何必要动用柔情。起先,安娜怀着反感忍受他夜间的关切;后来,一丝乐趣有时也不由自主地潜入她自身,然而仅限于她肉体下部狭窄的地带,并未撼动她的全部身心。再后来,他找到几位情妇,便不再亲近她,这正合她的心意。

她不无平静地忍受过几次怀孕,留在记忆中的只有没完没了的呕吐。她也爱自己的孩子,然而这是一种近乎动物的爱,随着他们不再需要她,这种爱也逐渐消退。两个男孩小小年纪就死去了;她尤其惋惜年幼的那个,他稚气的面容让她想起米盖尔,但悲伤久而久之也平息了。她的长子活了下来,出入战场和宫廷,自他的父亲在一场事关名誉而又不明不白的决斗中死去后,他便与父亲留下的债主搏斗。她的女儿进了杜埃①的修道院。德·维尔甘先生故去不久,他的一位朋友护送安娜从阿拉斯②前往她儿子所在的巴黎,他趁临时投宿之机,对风韵犹存的遗孀纠缠不休;安娜怠于抗争,或许也受到自己肉体的鼓动,便接纳了他,然而她并不比在夫妻床第之间感受到更多或更少的兴奋。这段小小的插曲自然不会有下文;这位绅士随后奔赴德国与他的部队会合了;说实话,这类事情无足轻重。安娜在卢浮宫逗留的次数不多,王后③对这位出身高贵的西班牙女子青眼相加,她喜欢用自己的母语与安娜交谈。然而艾格蒙·德·维尔甘的遗孀婉拒了梳妆命妇④一职。法兰

---

① 佛兰德斯南部城市,是当时重要的宗教中心,有众多修道院和神学院。
② 佛兰德斯南部城市,与杜埃邻近。
③ 指奥地利的安娜,她是西班牙公主,法王路易十三的王后。
④ 梳妆命妇(dame d' atours)是法国宫廷里王后身边位居第三的女官,掌管王后的衣橱和首饰。

西的浮华和佛兰德斯的奢侈,在北方低垂的天空下,与记忆中那不勒斯的排场和纯净的天空相比不值一提。

岁月流逝,以及孤寂、疲惫,某种麻木降临到她身上。她早已不能从眼泪中得到安慰;她仿佛置身干旱的沙漠深处,日益干枯、衰竭。有时,往昔的一些美妙的碎片不知从哪里钻出来,无法解释地插入眼前的时刻:堂娜·瓦伦蒂娜的一个手势;阿格罗波利的院子里,缠绕在一口老井的辘轳上的葡萄藤;放在桌上的一只堂·米盖尔的手套,余温未消。这时,仿佛一阵暖暖的微风吹过:她几乎因此昏厥过去。然后,接连好几个月,又是沉闷的空气。将近四十年来,她每晚从不忘记的亡灵日课,由于念诵次数太多,很快失去了任何意义。心爱之人的面庞有时会出现在她的梦中,连唇上的绒毛都清晰可辨;其余日子里,他不过是躺在她记忆中的一具腐尸,如同堂·米盖尔本人躺在墓穴里那样。有时她觉得米盖尔只在她自己内心存在过,有时她又以近乎亵渎的方式强迫一位死者继续活下去。如同其他人为了激活感官而鞭打自己,安娜用思念来鞭笞自己,为了让哀悼永不熄灭,然而她已然枯竭的悲痛不过是倦怠而已。这颗备受折磨的心已不再流血。

　　年近六十时,她将地产留给儿子,自己前往杜埃,寄宿在女儿修行的修道院里。还有几位贵妇人也将在这里度过余生。安娜到达后不久,一位德·博尔塞勒夫人也入住了,这是艾格蒙·德·维尔甘为之倾家荡产的情妇之一。诵经和礼拜之余,这些夫人们聚在一起刺绣,要么高声朗读她们的子女寄来的信件,要么品尝相互馈赠的精致点心或夜宵。她们之间常常谈起年轻时流行过的式样,她们各自死去的丈夫的功绩,或者目前的忏悔神甫的优点;她们中有人炫耀自己有过的情人,有人则夸口自己未曾有过。然而,她们最终总会以一种令人厌恶和几近粗俗的执着,谈到自己身体上那些看得见和看不见的病痛。似乎对她们而言,公开展示自身的病痛成了一种放荡的新形式。堂娜·安娜有些耳背,她听不清女伴们的谈话,故而也不必参与。老妇人们都有各自的女仆,但有时这些年轻女子漫不经心,或者有的人由于种种原因被打发走了,而勤杂修女的人手不足以照料这些寄宿者。德·博尔塞勒夫人体态肥胖,行动不便;安娜偶尔帮她梳头,迟暮的美人看见镜子递到眼前便拍起手来。有时,她可怜地哼哼唧唧,因为糖罐没有放在她伸手可及的地方。这时安娜就从椅子上站起身来,尽管她这样做已经感到吃力,她找来糖罐,任由德·博尔塞勒夫人大快朵颐。一次,一位寄宿的老妇人从饭厅回来时在走廊上呕吐了。当时旁边没有一个仆人,安娜便冲洗了地板。

修女们对她满怀敬意。她们钦佩她以温厚的态度对待举止不甚得体的昔日情敌;她们钦佩她的庄重、谦卑和耐心。然而安娜的一言一行与她们所理解的温厚、庄重、谦卑、耐心无关。她仅仅是置身事外。

她又重新拾起神秘主义者们的著作:莱昂的路易斯,十字若望修士,圣德兰嬷嬷。从前,在那不勒斯阳光灿烂的午后,一位身着黑衣的年轻骑士曾为她朗读这些作品。摊开的书页放在窗下;安娜坐在秋日苍白的阳光下,疲惫的眼睛不时落在一行字上。她不去探寻字句的意义,然而这些响亮而炽热的句子汇入爱与死的音乐,伴随了她的一生。往日的景象在他们定格的青春里再度熠熠生辉,仿佛堂娜·安娜在不知不觉的下沉中渐渐抵达了一切重又彼此衔接的地方。堂娜·瓦伦蒂娜就在不远处;二十岁的堂·米盖尔光彩照人,近在咫尺。一个二十岁上下的安娜也从未改变,她在这位饱经沧桑的老妇身体里燃烧着、活着。时光已然推倒了自己的屏障,摧毁了自己的藩篱。五个白天和五个夜晚狂暴的幸福,将回音和反光充满了永恒的每一个角落。

　　然而,她的弥留之际漫长而痛苦。她已经忘记了法语;修道院的神甫自诩懂得几句西班牙语和一点书本上的意大利语,他有时过来用这两种语言中的一种勉励她。但是垂危之人几乎听不见,也听不懂他的话了。尽管她也看不见了,神甫还是将一个带耶稣受难像的十字架伸到她跟前。最后,安娜扭曲变形的面容放松了;她慢慢垂下眼皮。他们听见她喃喃道:

　　"Mi amado①..."

　　他们以为她在跟上帝说话。也许她是在跟上帝说话。

---

①　西班牙语,意为"我心爱之人",即《旧约·雅歌》中所谓"我的良人",也是神秘主义者对上帝的称呼。

默默无闻的人

李玉民 / 译

纳塔纳埃尔死在弗里斯兰的一个小岛上，他的死讯传到阿姆斯特丹，在亲人中没有引起什么反响。他叔父埃利和他婶母爱娃都承认，这事已在意料之中。况且，早在两年前，纳塔纳埃尔就险些死在阿姆斯特丹医院。说来这第二次亡故，已不再令人悲伤了。据传，他妻子(果真是他妻子吗?)在他之前就呜呼哀哉了。至于如何死的，还是不要打听为好。这两口子丢下的孤儿，名叫拉扎尔，住在勉勉强强称作他外婆的家里；埃利·亚德里安森无意沿着犹太居民区，到眼睛乌黑贼亮的老太婆那里把孩子接走。

　　纳塔纳埃尔的出生也是悄然无声的，生死均如此，何况这也合乎常规：大部分人来到人世，离开人世，都没有大张旗鼓。这两件大事的头一件，如果算得上一件大事的话，只有五六个荷兰女人知道；她们侨居在格林威治，丈夫都是木匠，给皇家海军干活，挣不少先令和便士。这一小帮外国人，因其是外国人而受人鄙视，又因其手艺和坚定的新教信仰而令人尊敬;他们居住的小房子很整洁,沿干船坞排成一溜;村子靠河边,位于格林威治下游,一侧滑向岸边,只见桅杆高出屋顶,晒的床单和船帆混成一片,另一侧延至田野,没入树林草场中。婴儿的父亲是个红脸膛的胖汉子,但很灵巧,终日爬梯登高,附在尚未完工的船体上。母亲是个《圣经》迷,经常给孩子们洗脸,她炖的火锅,英国邻妇是不会沾的,同样,她也绝不肯尝她们烧得半生不熟的牛肉。

小纳塔纳埃尔身体孱弱,又有点跛足,不能跟他哥哥一起去干船坞擦船帮,或者往船骨架上钉钉子,便由父母交给附近一个对他感兴趣的小学教师。

他用不着家里花多少钱供养,他要给小学教师干点儿杂活,就像灌墨水瓶,削笔尖,扫教室;他还要帮师娘打水,给花园锄草。这期间,他将被培养成牧师或者乡村教师。

纳塔纳埃尔在师傅家里待得挺称心,尽管巴掌、戒尺像雨点一样落到学生们的头上。不久,他就接受委派,让年龄最小的同学念字母表。可是差使办得挺糟,他掌握不准火候,不知道何时该用铁尺敲他们的指头。

不过,他专心致志,态度温和,倒是给和他年龄相仿的男孩做出了表率。傍晚,学生都走了,老师准许他看书,若是夏天,可以在花园里一直看到天黑;若是冬天,就借着厨房炉火的亮光看。学校有几本大部头的书,老师非常珍惜,并认为太深,不适合这帮学生,一旦到他们手里,过不了两天非撕烂不可。其中有科尔奈利乌斯·奈波斯①的一部作品,维吉尔的一部散卷诗歌,蒂托·李维的一部作品,一本地图册,上面可以查到英国、四周环海并有海豚的四大洲,还有一份天体平面图,孩子就这图上提出的问题,大人并不能全答上来。在不那么严肃的书中,有曾经风靡一时的某公莎士比亚的几个剧本,有不易认读的哥特体印刷的《珀西瓦尔》②,这些书是小学教师廉价买来的,卖主是附近一位高级教士的遗孀,她无视书籍,只看重她亡夫的讲道。就这样,纳塔纳埃尔学会讲一口地道的英语,而他家里人却讲得南腔北调;他还颇有天资,学会一点儿拉丁语。老师乐于教这个学生,因为自从不在伦敦一所

---

① 科尔奈利乌斯·奈波斯(约公元前 100—约前 25),古罗马传记作家。

② 也称《珀西瓦尔或圣杯的故事》。作者克雷蒂安·德·特鲁瓦(约 1130—约 1190),法国作家、诗人,著有《兰斯洛或囚车骑士》《伊万或狮骑士》等。

像样的学校教书以来,他就难得有施展本领的机会。他是个严师,对语法一丝不苟,经常用食指敲着课桌,标出维吉尔诗句的格律。

　　纳塔纳埃尔长到十五岁,开始跟一个金发姑娘交往。那姑娘名叫雅奈,和他同龄,五分泼辣,五分腼腆,一双眼睛挺美,在一家地毯作坊学手艺。天气晴朗的时候,他俩到附近的草场上一块啃面包,喝苹果酒。后来,他俩又常去树林散步;纳塔纳埃尔顺便采些植物,给老师做标本。有时,二人以蕨草或青草为床,免不了发生关系,他尽量照顾雅奈一点儿;他俩还达成默契,日后结婚。

　　有一天,雅奈来赴约会,神色显得很惊慌。原来,有个酒鬼,是海上用品商行的老板,专爱搞细皮嫩肉的姑娘,近来勾搭她,话里还带着威胁。从此以后,纳塔纳埃尔不敢大意,晚上约她出去,回来就一直把她送到地毯作坊门口,等门关上才离去。五月的一个星期天,黄昏时分,他俩手拉着手回来,突然看到醉鬼挡住去路。那家伙一定跟踪他们,偷看了他们在蕨草铺上干的好事,要不然,说的笑话怎么那样下流,那样具体。雅奈拔腿就跑,比一只受惊的牝鹿还要轻捷、迅疾。那人扑上去追赶,幸而踉踉跄跄,脚步不稳,一下子揪住纳塔纳埃尔,搂住他的脖子,不知道是要恢复身体平衡,还是突然犯了傻气,要表达柔情。现在,他竟向这个男学生求爱了。纳塔纳埃尔又恐惧又憎恶(他自己也说不清主要是哪种情绪起作用),一把推开那家伙,抓起一块石头,劈面砸去,打个正着。

纳塔纳埃尔见那人跌倒在地,气息微弱,嘴角流血,不禁惊慌失措。如果远处有人看见,或者雅奈把这事讲出去,他就会被抓到警察署,第二天一早就会被绞死。

于是,他也溜之大吉,但跑得不算快,一来由于跛足,二来怕引起行人的注意。他专拣僻静无人的小巷跑,怕干船坞的看守这么晚还没撤,绕道避开,最后跑到河边,知道那里有几只大船天亮要启航。其中一只仿佛无人,甲板中央的舱口大敞着,上边吊着绞盘的一截缆绳。不用说,船员不愿错过最后一次机会,都上岸喝酒去了。船上只有一条狗,这倒无妨,纳塔纳埃尔向来跟狗一混就熟。小伙子上了船,顺着缆绳溜进船舱,藏在大桶中间。

整整一夜,他吓得抖个不停,竖起两只耳朵,只听噼里啪啦上船的脚步声、砰的重重关舱口的响声、哗哗的风浪冲击船壳声、吱吱咯咯的绞缆绳声、啪啪的张帆声。直熬到天亮,他终于感到船开始在河里滑动。可是,他仍然提心吊胆,情况难说,也许因为无风,船要停在岸边,也许正相反,突然起风暴,船又要被迫回港。挺了两天三夜,他饿得半死,听到有人拿锹下来倒腾压舱物,便有气无力地叫起来。这时候,船已经航行在锡利群岛的海面上。不久他听说,这艘船是驶往牙买加的。

船员将浑身颤抖的少年拖到甲板上,有人要寻开心,提议把他扔进海里。幸好一个混血种的厨师替他说情:这个流浪儿可以照管船上的鸡和猪,还可以在厨房干些粗活。船长尽管样子挺凶,心眼儿倒不坏,同意把他留下。纳塔纳埃尔在船上,受到这个混血种人的保护。说来也怪,他接受这个保护人的亲昵,一点儿也不反感,而当初在格林威治听到那个醉鬼的猥亵话,却厌恶得要命。对这个体贴他的赤褐色皮肤的人,纳塔纳埃尔挺有感情,殊不知人家保护并抚摸一个白人少年,会感到多大乐趣。

船在牙买加停泊很长时间,以便卸下从英国运去的货物,装上大批贵重木材。这些木材运回伦敦,就要做成护壁板镶嵌家具,装饰豪华的府第。那个混血种厨师是本岛人,他让纳塔纳埃尔品尝当地的水果,领他去逛窑子。这几天,有好几艘船抵港,窑子里总是客满,纳塔纳埃尔同别人一起排号。他很喜欢这些窑姐儿,她们皮肤滑润,尤其是长睫毛下的眼睛显得那么温柔,那么娴静。然而,这种限定时间的匆匆搂抱,花钱买到的枕席之欢,这些受同样欲火的驱使蜂拥而至的男人,令他大为扫兴。担心染上脏病不是唯一的理由。他希望这些窑姐儿中,有一个会跟他长久厮守,也许一辈子,就像他先前以为能同雅奈一起那样。这种美事儿甭想。

黑人扛着沉重的木头,压得弯着腰,一步一步登上跳板,这情景引起了纳塔纳埃尔的怜悯。同伦敦港口的装卸工相比,他们不见得更加悲惨,不过,伦敦的装卸工至少不是在鞭子下干活。他们常常不顾皮开肉绽,咧嘴大笑,露出雪白的牙齿。在天气实在太炎热、工头都去乘凉时,纳塔纳埃尔就跟他们叽里咕噜,又说又笑。

船又启航,驶向巴巴多斯。开船的前一天,那个混血种人因为斗殴,眼睛上挨了一刀,伤口感染,最后在极大的痛苦中死去。船员们为他唱了一段圣诗,把他葬入大海;其实,谁也不知道他从前受洗没有。纳塔纳埃尔痛哭了一场。船上人让他补了厨师的空缺，他也尽心把饭做好。可是，到了圣多明各，他就离开那条船，受雇到一艘英国军舰上当水手。那艘军舰装备四门大炮，要启航巡逻东北海岸，制止法国人进犯。

那年夏天，大海几乎一直很平静，而那带海域也几乎没有人迹。军舰驶向北方，湿闷的空气逐渐减退，吹来习习的凉风。升起薄雾时，碧透的天空就变成乳白色。大陆和岛屿（两者很难区分）上的森林非常茂密，一直延伸到水边。纳塔纳埃尔依稀想起，维吉尔讲过圣地周围的未受侵犯的树林；而眼前这种地方，似乎没有他在英国树林常以为能见到的那些古老的神明、仙女或小精灵，只有水和空气、树木和岩石。然而，这里却生机勃勃，千姿百态：数千只海鸟在波涛上漂游，或者在崖窝里栖息；有时一只美丽的鹿，或者一只巨大的驼鹿，高高扬起沉重庞大的角，从一个岛游向另一个岛，一边攀登上岸，一边抖掉身上的水珠。

印第安人乘坐独木舟，有好几次靠近军舰，送上灌满清水的羊皮袋、浆果、一块块血淋淋的野味，要换朗姆酒。这种以物换物的交易干长了，有的便会讲几句英语，甚而讲几句法语。船上也往往特意安排，有一个至少会讲一种土语的军官或水手。船要过危险的水

94

道,有时就让一个土人上来领航。

有一天,一个土人告诉他们一条消息:邻岛上有一
小帮白人,是被反水的船员撂到那儿的,他们的样子特
别严肃正经,终日祭神,在那里生活已经有几个月了;
在打鱼季节,大陆上的印第安人常到那儿去,有时供给
他们一些食物;阿布纳基人酋长长期有病,躺在营地,
他把白人召来,要求他们进贡烈酒;他们没有烈酒,却
往他脑袋上洒点儿水,祈求圣灵保佑他;打那以后,酋
长的病就一天好似一天。

来自法国的耶稣会士向加拿大土著人传道,这种
事舰长不是头一回听说了。且不说无法容忍这些假天
主教徒来骗人,谁都知道,神甫若是到什么地方落脚,
往往有本国的军队和商队做后盾,而这些传教士,都是
那个所谓"虔诚基督徒"国王①的密使。

那个岛子近来才标在地图上,它地势很高,遍布岩
石,低洼地带覆盖着冷杉和橡树,远远望去,可以看见
上面的五六个岩峰。岛上并没有发现什么珍贵的物
产,不过,南端有一个海湾,插入岛内,形成天然的避风
良港,又有一个椭圆形小岛守着门户;左岸一大片草地

① 指法国国王。

的下方,有一股淡水泉,航海的人无人不晓。就为这些好处,英国国王也要同法国国王争夺这个岛子。军舰渐渐靠近岸边,只见一片黑黝黝的冷杉林,中间夹杂着被秋色染红的橡树,林边有几间兽皮树枝搭的小房,大概是印第安人帮助这些不速之客建造的,房子中间竖着一个高大的十字架。舰长命令开炮。纳塔纳埃尔憎恨一切暴力行为,不过,他看到操纵大炮的水兵斗志昂扬,也不禁受到感染。炮声沿着丘峦隆隆回响。从古至今,这些丘峦只熟悉雷鸣,以及解冻时冰块脱离峭壁的噼啪声,现在传送人造霹雳,无疑是破天荒第一次。船上人望见穿教袍的人抱头鼠窜,没入深草中,有两个倒下,其余的逃进树林。

放下一只小艇,划到岸边,从炸烂的小房里搜到的战利品,不过是一小堆衣服和食物,还有一些书籍和一箱工具,被舰长据为己有。纳塔纳埃尔发现一个植物标本册,是一个神甫采集制作的,纸页被风吹得哗哗响。他还发现一个笔记本,上边有耶稣会士写的印第安语词,以及红墨水注的对应的拉丁语词。这个笔记本没人要,纳塔纳埃尔揣了起来,可是后来又失落了。

他又跑去瞧那两个倒下的人,看看还有没有救,心想他的伙伴才不会管那两个人呢。不料草地很大,又起伏不平，他感到仿佛迷失在草海里。那两个人中有一个已经死了。纳塔纳埃尔小心翼翼地朝另外一个人走去，那人还有气儿。记得小时候在格林威治，他跟父母去教堂听讲道，一直不大相信牧师激烈的言论，就是对于英王之敌天主教徒的仇恨，也没有在他心中扎根。不过，别人已使他酿成害怕天主教徒和法国人的心理。可是，那个年轻人并不危险，他已经奄奄一息，胸部炸了个洞，鲜血浸透了黑色教袍，只是不易察觉。纳塔纳埃尔扶起他的头，同他讲话，先用英语，再用荷兰语，但是话语不通。纳塔纳埃尔又试着用拉丁语问他，怎样才能使他好受点儿。看来，格林威治乡村教师的拉丁语，一定和法国耶稣会士的拉丁语不同。不过，这个垂危的人还算听出点儿意思，惊奇地微微一笑，问道：

"您会讲拉丁语吗?"①

"会一点儿。"纳塔纳埃尔心虚地答道。

他想这个垂危的人一定很冷，便脱下水手大衣给他盖上。法国人却急不可耐，请他从教袍兜里掏出一本厚厚的小书，原来是《日课经》，并请他撕下衬页，上边写的正是他的姓名，以及他的修道院所在的城市名。

① 二人对话原文均为拉丁语。

97

"朋友，"垂危的人说，"您若是能给我们的院长写封信，通知我的死讯，我母亲和我妹妹也就会得到我的准信儿了。"

纳塔纳埃尔仔细地把书页叠起来，并答应昂日吕斯·盖尔丹努斯，给"安西修道院"院长写信，好让死者的母亲和妹妹得到个准信儿。他根本不知道安西乌姆①，就连安西也不见得知道，反正是安慰一个要咽气的人。年轻教士用臂肘微微撑起身子，求他把经书翻到指定的页数：纳塔纳埃尔认出是圣诗，从前在他父母的通俗语本《圣经》里念过；然而，这是个荒僻的地方，从未与闻以色列王国的上帝、罗马教廷，更未听说路德和加尔文创立的教会，在这种地方念圣诗，声音听来格外奇特。不过，有些诗句很美，描述海洋、峡谷、高山和人的无限忧虑。纳塔纳埃尔的声音有点儿嘶哑，就像他当初在学校念维吉尔的诗那样。

"高声点儿念。"年轻的耶稣会士声音微弱地说，或许是他听不懂纳塔纳埃尔念的拉丁语，或许是听觉不行了，他呼吸非常困难。纳塔纳埃尔把《日课经》放在草地上，跑到旁边的小溪，捧来一捧水。垂死之人勉

---

① 法国城市名安西加上了拉丁语后缀。

强咽了一口。

"好了,朋友。"他说道。

水还没有从纳塔纳埃尔的手指缝漏光,安西修道院的昂日·盖尔丹神甫就咽气了。该上船了,纳塔纳埃尔拿起大衣,它对死者已毫无用处了。

后来,这个场面多次入梦,不过,随着时间的推移,他给捧水喝的人经常变化。有几天夜里,他梦见他救护的人不是别人,正是他自己。

舰长命令向东北航行,他接受的任务中,有一项就是察看一小块英国殖民地的情况。那块殖民地是从前建立的,位置还要往北,在圣十字河口的一个小岛上,据说处境不妙。适值秋分,一连数日,天气恶劣,舰长害怕冲向海岸的大潮,刚下令转舵掉头,骤然一阵狂风,把他们抛到他们寻找的那个危险的岛上。船卡在岩石中间,损坏不太严重;不料潮水冲来,风势更猛,巨浪把船托起,又把它摔下去,龙骨嘎嘎乱响。纳塔纳埃尔好不容易爬上露出水面的岩石,忽又被更高的浪头卷走。他记得自己抓住一块木板,后来又听说,他昏过去,被激浪冲到一个小湾里边的沙滩上。

他苏醒过来,发现自己躺在草垫子上,旁边有两三块烧热的大石头给他烘暖身子。他看到低矮的房梁下面,有两张老人的脸俯向他——一个老头儿,一个老太婆(起码他们的样子很苍老),还有一个面颊消瘦的少女,一个总咧着嘴笑的十二岁左右的男孩。另外有几个人蹲在一堆物品周围,他认出来那是军舰上的东西。他疲乏极了,又昏昏沉沉地睡过去。不过,他体格很好,遇难之后几天,差不多完全恢复了。他不久得知,他是舰上唯一的幸存者。对这场海难,岛上这点儿居民感慨万千。这块殖民地经过长冬恶夏、天花和法国人枪弹的侵夺,只剩下七八户人家了。他们早就盼望驶来一艘船,给他们补充食品,甚而把他们运回国。至少,他们口头上表示了回国的愿望;实际上,什么祖国,从属一个主人,在他们看来,这些概念已没有多大意义了;甚至在地图上都查不到的这个贫瘠小岛,仿佛又回到了无主的年代。许多茅屋是二十多年前盖的,早已倒塌,荆棘荒草丛生,旧迹难寻了。有一户十来口人,孤零零地住在岛子北端,靠近一长条沙洲。别人怀疑他们故意制造船只失事,好趁火打劫,以此为生,还说他们偷过羊。岛子东端和南端,有几间茅舍荫蔽在树下,中间连接的几条不明显的小路,由零零散散的小堆石子标出,到了冬天就被雪覆盖了。一块林间空地住着一个猎户,他大概干了什么坏事,被赶出了魁北克,走投无路,只好到此落脚谋生;妻子玛德莱娜是阿布纳基人,孩子头发不鬈,眼珠乌黑。有一对兄弟住在一个小湾,他们用大锅熬盐,多余的卖出去,还用来掺和其他难闻的原料鞣革,毛皮有的是别人送来的,有的是他们从猎物上剥下来的;大家都靠他们缝靴子,修雪鞋。兄弟俩在这儿生活已经习惯了,并不想念他们生长的诺福克的村子。还有一位贵族,同他的印第安仆人单独住在峭壁脚下,据说他从前在佛兰德斯打过仗,经常出入雅克王①的朝廷,可能同纳塔纳埃尔一样,离开英国是有缘故的。这块殖民地原来的牧师中了风,已不能再布道;他和妻子、孀居的女儿以及外孙子住在小茅屋,靠一点儿薄田勉强度日。救了纳塔纳埃尔一命的这家人有老头儿、老太太、女儿和儿子,老头儿从前也在英国军舰上干过事,老太婆原籍是拉罗谢尔②,因乘坐去法国领地的船沉没,被收留在这里,他们的女儿叫弗依,儿子呆痴,没有起名。老太婆已经忘记了本国

_____

① 指英格兰、爱尔兰和苏格兰国王詹姆斯二世(1633—1701)。
② 法国西部城市。

话,讲起英语不是呜噜呜噜,就是尖声尖气。这对老人无意中爱上了他们二十年来艰难生活的地方,害怕再漂洋过海。两个孩子愚昧无知,想象不出会有更好的地方。

不过,盼望已久的船只失事,这也有好的一面。大海一平静下来,这些穷苦人就把大部分货物捞上岸;现在,家家都不缺锡制餐具、工具、被褥了,甚至还捞上来几箱子几乎没动的腌货。纳塔纳埃尔很快明白,仁爱之心并不是促使两个老人搭救他、护理他的唯一原因:他们虽说身板还很硬朗,可心里不免想,一个二十岁的棒小伙子不是白吃饭的,可以帮他们干活,况且弗依也到了嫁人的年龄。

适值秋冬之际,气候恶劣,纳塔纳埃尔身体刚刚恢复,就开始干活,帮老头儿给镰刀安上新柄,填塞船缝,每天给牲口喂草饮水。一匹马、一头奶牛和几头绵羊都圈在一起,牲口棚也当粮仓用,紧挨着住房,两边的暖和气儿好能相互传递。顺着屋外墙有一条绳子,从屋门拉到牲口棚门,在暴风雪的天气去喂牲口,就得拉住绳子,否则会在原地打转,找不到几步远的房门,最后冻死在外面。等雪硬实一点儿,就去运枯树枝或新砍下来的树枝,树干就让那匹小马拖。上冻之后,可以去小海湾,凿几个冰窟窿捕鱼。

　　住房只有一间,但有一架梯子通阁楼。不久前,老两口在上面靠暖和墙铺了双人草垫,那扇墙下边有烧火的炉灶。去牧师家要横穿整个岛子,他们觉得这事儿无可无不可,不过,两位老人还是给新婚用的床铺和纫缝磨破的被子祝圣。晚上不点蜡烛,既为了节省,也怕失火,纳塔纳埃尔和弗依摸黑上去。他挺喜欢这个漆黑的小窝,在里边可以美美地睡上一觉,两个人也可以热乎乎地搂在一起,一直贪欢到拂晓。在交欢的时候,弗依浑身颤动,轻轻地呻吟,用胳膊和大腿把纳塔纳埃尔紧紧缠住;她的双腿很光滑,手脚却相反,由于经常暴露在严寒中,特别粗糙,生满了冻疮。

　　一开春,大家都下地干活。这正是候鸟北迁的季节,印第安孩子善使弓箭,常常带着射死的飞雁来换小麦;有时候,他们送来用棒子或弹弓打死的兔子,打野兔是他们格外喜爱的游戏。火药很缺,要捕杀林中的大野兽,常常挖陷阱,盖上树枝,野兽掉进去,往往不是把腿摔断,就是肚子被坑里的木桩戳破,干等着人来用刀结果性命。有一回,纳塔纳埃尔来干这种事,干得糟透了,以后再也没他的份儿了。小海湾几乎总是风平浪静,他们插上荆条芦苇篱障,布成水中迷宫,单等鱼钻进来，用鱼篓拖上岸，一条条欢蹦乱跳，张口捯气儿，只好用船桨拍死。纳塔纳埃尔不喜欢捕鱼，而愿意采浆果。到了成熟季节，果实累累，草冈的颜色都变了；他和弗依的手被草莓浆染红，有时又被熟过劲儿的越橘汁染青。岛上很少看见熊，它们只是趁着冰天雪地才偶尔出来。不过，纳塔纳埃尔在荒野里倒是碰到一头，只见那头熊用大巴掌抓起覆盆子往嘴里塞，吃得那样香甜，使他感到仿佛自己在享口福。这些贪吃野果蜂蜜的猛兽，只要没有感到自身受威胁，是没有什么可怕的。遇见熊的事，他没有告诉任何人，好像他与那头熊约定好了似的。

　　他还遇见过一只小狐狸，也没有对任何人讲。那是在林间空地上，小狐狸一动不动，耳朵像狗一样竖着，好奇地、几乎友好地看着他。他在林中瞧见游蛇的地点也秘而不宣，怕老头儿称"这条害虫"而打死它。小伙子同样珍惜树木，它们无论多么高大魁伟，也任凭最瘦小的樵夫的斧子砍伐，既不能逃走，也不能自卫，实在让他可怜。这些心思，他没有体己的人好讲，就是弗依也不行。

　　别看弗依有点咳嗽，有点气喘，她干起活来却像个男人。她教给年轻的丈夫怎样捆草、垒草垛，和他一起清理地里妨碍耕作的大石头。有时候两个老人不在眼前，她就躺在半干的草上，身上发痒，咯咯直笑，还撩起破裙子，引逗纳塔纳埃尔。这实在开心。事后他常想起雅奈，倒不是因为他更爱雅奈，而是觉得雅奈和弗依是同一个女人。两个女人都爱唱，声音都又尖又细，歌也从来唱不完整，两个都喜欢往头发上插野花。不过，弗依的脸蛋总有点烫，好像发烧似的，还好冒虚汗，汗一落又突然浑身发冷。

等到她的病情加重了，家里才请来一个印第安巫师驱病魔。巫师烧了几把草，弄得满屋子都是呛嗓子的怪味，接着身子乱扭乱晃，扑倒在地，破嗓子又喊又叫，算是唱歌。可是，弗依的病没见轻也没见重。

打鱼季节常来岛上的米克马克人和阿布纳基人，对费九牛二虎之力收点儿粮食的这几个白人没有半点儿恶意。再说，从前的加斯科涅①猎人和他的印第安妻子，能充当赤褐色皮肤的人和皮肤多少白点儿的人的中间人。纳塔纳埃尔非常佩服这些野人，他们吃苦耐劳，深色的身子几乎一丝不挂，十分结实，在猎获物身上只取够充饥的部分就满足，对"特图斯号"失事后

------

① 法国西南部地区。

白人拼命抢的各种物品不屑一顾。然而他却发现，就是这些印第安人，情愿用一次出海打来的全部鱼换一把旧刀。他们随地小便，甚至在屋里小便的习惯很不好，不过纳塔纳埃尔想，牛马也如此，可照样那么怡然自得。野人之间的战争往往十分猛烈，据说，他们对俘虏施以酷刑是抬举他们，给他们显示勇气的机会；他们把俘虏插在矛尖上，朝空中抛五次，以便解放其灵魂，然后削下带发的头皮，带回家去。纳塔纳埃尔倒回忆起，伦敦处以死刑的人的头颅吊在城门上，心想人到处都一样。

　　每天早上，纳塔纳埃尔让弗依坐在被秋日晒热的凳子上，可是，两个老人总催她干活。很远就能听见她在地里咳嗽。直到她躺在草铺上起不来了，他们的心才软了。老太婆用纳塔纳埃尔从岩石上采来的苔藓煮汤给她喝。晚上，纳塔纳埃尔就睡在粮食口袋上，好让妻子宽宽绰绰睡得舒服些。可是，弗依求他躺在自己身边，好能得到安慰和温暖。她每吐一口带血丝的痰，就恐惧地睁大眼睛，害怕死掉。事情来得还真快，刚入十月，她没有怎么折腾就去世了。这时候，晒了一夏的树林色彩缤纷，大片大片的红色、紫色和金黄色。纳塔纳埃尔心想，就是在伦敦教堂披上黑纱、给女王举行的葬礼,也没有这里的葬礼壮观。老头儿闷头挖坟坑,以排遣心中的忧伤,正挖的当儿,发现一只受惊从地洞钻出来的鼹鼠,他就凶残地一锹把它铲为两段。纳塔纳埃尔也说不清为什么,在他的记忆中,弗依和那只被杀害的小动物永远连在一起了。

他本想马上离开,这很难,不过也不是不可能。他早就听阿布纳基人说过(树林中也传递消息),在"特图斯号"炮火下幸免于难的荒山岛耶稣会士,都逃到印第安人的一个居住区,印第安人乘独木舟北渡一望无边的大海湾,把他们送往法国控制的地方。如果红种人趁风平浪静的天气多打鱼,再停留几天,纳塔纳埃尔就可能说服他们同意,在风暴季节到来之前也把他送走;悬挂百合花旗帜的船只常停泊在新法兰西,总会有一艘需要水手。那样一来,他就可以在法国的诺曼底或布列塔尼的港口上岸,再根据风向或者和战局势,从那里转去荷兰或者英国;若是去英国,他就更名改姓,到一个远离伦敦,更远离格林威治的城市,那里是不愁找不到一个需要助手的小学教师的,从而可以重新读书。回想起来,他觉得念书那几年的日子特别美好,又安宁又省心。再不然,他就继续当水手,再回到安的列斯群岛,或者去亚洲的港口开开眼。只是眼下还没有机会,而且他也十分可怜两位老人:老头儿脾气更坏,老太婆也更好发火了,他俩要守着傻儿子和牲口,度过漫长的冬季。

在特别寒冷的天气,屋里烟熏火燎,纳塔纳埃尔呛得受不了(圣诞节得过一次炎症,后来一直有点儿咳嗽),就干脆躲到牲口棚里,跟牲口在一起倒很暖和。一些丹顶小鸟从墙缝钻进来,在草堆上跳来跳去;它们只有在严冬,才逃离更冷的地区,在这里出现。孩子有时跟他到谷仓来,但是,他绝不准他惊扰小鸟。他曾经给孩子做了一支笛子,教孩子吹他会的曲子,可是孩子怎么也记不住。小家伙倒学起编篮子,纳塔纳埃尔就帮他编,编出来的盛东西的物件很好看,但不结实。印第安人临走时,丢下几捆编筐用的软草;软草即使是在几个月,甚至几年前割的,一到下雨天,也会重新散发长在水边时的清香。纳塔纳埃尔心想,这种草仿佛有记忆似的;他也一样,只要一点点事情,比如丢在墙角的木底靴、门下透进的一道阳光、敲打屋顶的暴雨,都能使他重温同弗依新婚时的甜美。除非干重活,疲惫不堪,平时他总是睹物思人,念念不已。

有时候,他蹲在灶前,给呼噜呼噜喘气的孩子捉头上的虱子;每捉住一个,小孩就拍巴掌。弗依从前也是这样。

冬去春来,又出现大群大群蚊子,纳塔纳埃尔早已讨厌茅舍四周,这里人畜践踏,已经寸草不生了。挂在木桩上的兽皮,看上去就像带发的人头皮;晒在筐上的鱼干,闻着也臭烘烘的。可是,直到仲夏,才有了逃离的机会。制盐的两兄弟,有一个叫乔的小伙子,划着小船来,用盐换一件好羊毛衫,这是老太婆冬天熬夜纺线打出来的。纳塔纳埃尔听乔说,有一只英国船在海湾口抛了锚,只是有岩石遮住,从这里看不见。船出了点儿毛病,一修好就离开。纳塔纳埃尔也来到海边,帮乔推船下水,可是,他趁势跳上船,让乔把他带走。两个老人目瞪口呆,做梦也没有想到他会走掉,急得直摆手,像木偶一样;小孩子却浑然不觉,还像马驹一样在草里乱跑。不一会儿,船转过岩嘴,就看不见他们了。

那只英国船上正好有个患坏血病的人死了,因此非常痛快地接受了纳塔纳埃尔。他们乘风驶向纽芬兰岛,再从那里借快意的西风,往英国驶去。纳塔纳埃尔在头两次航海中,已经学会了船上作业。他头脑冷静,身体灵活轻柔,能非常敏捷地从一根桅桁爬到另一根桅桁,跛足并没有多大妨碍。有时候,他爬到高空,手脚盘在帆索上,停留片刻,只感到清风扑面,令人沉醉。有几天晚上,满天星斗在转移跳动;另外几天夜里,皓月钻出云层,再隐入云中,犹如一头雪白的大动物出入洞穴;有时它悬挂中天,晴空如洗,照得海面波光粼粼。但是,他更喜欢水天不辨、一片漆黑的夜景。这种茫无涯际的夜,令他想起弥漫在茅舍阁楼里的夜,他也曾觉得那夜是无边无际的。所不同的是,现在他在这里,孑然一身。不过,他仍然感到自己充满活力,呼吸通畅,处在万物的中心。他扩展胸膛,深深吸一口清新的空气,然后下来,到中舱同伙伴们掷骰子。每次掷输了,就冒出一连串难懂的骂人话和脏话。

　　船到格雷夫森德停泊。纳塔纳埃尔上了岸,徒步去格林威治。他谨慎从事,先进一家小酒店探探风声;想当初,"美女号"船员就是到这里来喝酒,他乘无人之际溜进了货舱。这里谁也不认得他,况且四年工夫,他的模样儿也变了。他说自己是一个水手的同事,那水手是格林威治人,托他给家里捎个信儿。酒店老板自己记得,此地是有个红脸膛的木匠师傅,可是去年他在海军部船坞干活时,从高处掉下来摔死了,这可能正是纳塔纳埃尔要打听的人。年轻人尽量不动声色,转移话题,又问到一个海上用品大商人,说自己的同伴曾给他当过伙计。问起那个口里念经的强盗，酒店老板太知底细了，那家伙常把变质饼干卖给远洋轮船，现任本教区财产管理委员，生意越来越兴隆。

"我的伙伴还以为他死了呢，"纳塔纳埃尔讷讷地说，"就是跟一个行人打架丧的命。"

"哪里，哪里！醉得跟死人一样倒是有可能的，因为这个假充信徒的无赖酗酒成性。如果有人对他下了黑手，事情早就传开了。要除掉这样一个恶棍，没那么容易。"

纳塔纳埃尔心下明白，那个胖家伙知道事情不光彩，没有声张，他肯定还编了一套谎话，瞒过那些救起他并给他治伤的善人。雅奈同样守口如瓶。警察根本没有追捕过一个叫纳塔纳埃尔的人。这样看来，一切不过是一场虚惊，害怕、逃走、流落到新大陆的种种遭遇，全是毫无意义的了；他完全可以不那样做，而是留在学校里念拉丁文。四年的时光白白流逝，犹如大浮冰上脱落的冰块，倏地沉入海中。

自身安全有了保证，他放下心来，到了"小荷兰"，即他家原来所在的县，碰见住在那里的陌生人，也就不必隐姓埋名了。有人向他证实，约翰·亚德里安森的确死了，是从脚手架上摔下来的，当场死去。现在，两个儿子在南安普敦,给海军部干活。据说,母亲住在路德教派的寡妇收容所里。

纳塔纳埃尔想到自己不辞而别,突然出走,也就没脸去看老师了。他听地毯作坊老板娘说,雅奈嫁给了伦敦的一个呢绒商人,想想实在没有必要去布店内间打扰人家。

不过,他倒打听了去收容所的路。他母亲和别的寡妇在那里生活,她们的家境都不错,每年付给修会一点儿钱。这些可敬的女人都住单间小房,门前的院子绿树成荫。他母亲住的那间小屋异常洁净,铜烛台和铜水壶金光耀眼。正赶上开饭时间,只见雪白的桌布上摆着一碗燕麦糊、一盘熏鲱鱼。母子重逢,母亲对他并没有亲热的表示。这也难怪,孩子脑袋一热,就离家去见世面,这种情况并不稀奇。乍开头,家里人都以为他死了,可是,死不见尸,也不见衣服,他们不久又猜想,他大概上船走了。亚德里安森家的人就有这种禀性,人不管到什么地方,只要走在天主指引的路上,那就一切都好。

纳塔纳埃尔大致讲了一下自己的经历。寡母只是听着,紧紧抿住嘴唇,一言不发,而且,她被猫分了神。那只猫馋盘子里的鱼,前爪搭在她的膝上,直扯她的围

112

裙。她表现出讲究实际的一贯态度:家里的一小笔财产,由在阿姆斯特丹开印刷所的埃利叔父经管;两个哥哥把钱放在那里生利,将来回国好用来度晚年;纳塔纳埃尔若想取出自己的份额,尽可去向叔父要,他叔父可是个办事公道的正经人。母亲还告诉他说,荷兰港口活儿有的是,那里日子也比这里好过。

"天主保佑,你做个诚实人,像你爸爸和埃利叔叔那样。"

纳塔纳埃尔并不太明白,怎样才算个诚实人,也不知道天主保佑什么,不保佑什么。

阿姆斯特丹的这座房子还真像样，叔父把侄儿让进平时接待顾客的小房间。埃利早先在这里学徒，后来把书籍印刷销售店的资产盘了过来；他受人尊敬，赚钱挺多，但并不过分图利。他把本家的古老农庄卖掉，才买下这个店铺，眼下这笔资金抽不出来，可是日后，几个侄子可以拿到十倍的钱。纳塔纳埃尔对这种生意经一窍不通，只得稀里糊涂地点头。不过，埃利听说侄儿读过拉丁文入门，又写得一手好字，脸上才化严霜为春风。叔父出版莱顿或乌得勒支的博士精心编注的希腊与拉丁文名著，算得上一本万利的事；但是，若雇有文凭的人校对，即使他们正在饿肚子，也要花很多钱。印书馆有两名好校对，他们还负责排版，搞索引，在页边标注，以及设计封面书名。纳塔纳埃尔要比这两个有经验的人挣得少点儿，可也足够过上宽宽裕裕的日子。当然不能指望和叔父一家人同吃同住；埃利是巴不得这样，不过，他妻子原是大家闺秀，受过上等教育，

不能容忍手下人总在自己的身边。纳塔纳埃尔在找到
住处之前，暂且睡在车间的角落里。

　　小伙子非常感激，要讲学习，这地方完全抵得上格
林威治的学堂。埃利领他到现场看了看。印刷厂坐落
在不临街的院子里，一进去就听见潺潺的泉水声。他
看了手工印刷车间、排字车间，只见排字工正在模架前
忙着拣字；他还看了堆着一捆捆纸的铺面、出售与包装
间，一本本还散发着油墨气味的著作，就从这里发往德
国、英国，甚而发往法国和意大利。墙上挂着那些国家
的禁书名单，以免盲目寄发，书被没收而造成净蚀。埃
利引以自豪的精装本，不是仿羊皮纸就是柔软羊皮封
面，都陈列在那间窄小的会客室里，两侧摆着几卷旧
书，有系谱和历史、字典和概要，以备不时之需；校对碰
见专有名词、生僻字或罕见的词语，发生疑惑时，就可
以去查阅。两个校对中有个中年男子，他的细心可以
说无与伦比，然而时运不佳，性情不免乖戾，据他自己
说，如果当初他的手腕高明，那么盘下乔汉斯·简索尼
乌斯这家生意兴旺书店的，就会是他，而不是埃利·亚
德里安森。另一个校对倒是平易近人，他从前在一所
中学当主讲教师，照他的话说，同事由于嫉妒，不久便
把他拉下讲台。头一个校对常常一边工作，一边用流

行小曲哼着阿那克里翁的希腊文小诗。这个饱学之士倘若不喝酒，第二天醉醺醺的，本来一个人就能把活儿全包了，可是，他有时一醉就是好几天。

这两个老手都挺热心，教给纳塔纳埃尔校对的技巧，诸如如何倒念文章，以免注意力被词义吸引去，如何全神贯注，既挑出标点错和句法错，又注意移行和大写。他知道自己的拉丁文欠缺，只有小学水平，因此校对起来，比两个行家更慢更认真；不久，两个人就把一些枯燥乏味的活儿推给他干了。学者经常出入书店那间漂亮的小客厅，就编辑费同埃利激烈地讨价还价，然后再抽抽烟，闲坐一会儿。纳塔纳埃尔出于慎重与好学，有时胆怯地向他们提个问题。有一次问到通晓古罗马史的一个人头上，请他在蒂托·李维著作的页边上写出一个执政者的年代。那个饱学之士认为，一个无名小辈企图问住他，起码看他拿不准，好当场出他的丑，因此转过头去，不予理睬。

埃利特意嘱咐侄子，千万不要讲那几年在船上混过事儿，他同那帮酗酒骂人的粗鲁水手为伍的情况，告诉别人没有好处，纳塔纳埃尔在印刷厂也就从来不提。不过，他还怀念那时的生活，一有空就到码头上去。他趴在窄窄的栏杆上，居高临下，观察停在港口的船只，欣赏它们抵港启航的繁忙景象，还向一上岸就无事可干的水手打听，航行有多远，海上出了什么事。也许觉得自己改了行，说起来碍难，他一般不向他们透露他当过海员，但也不摆出一副印刷所校对的架势，不然的话，就会使那些在契约上以画十字代签名的普通人疏远他。别人问起来，他就说自己是木匠，跟他父亲从前干的行业一样，他那双大手似乎也能证明这话不假。木匠这块招牌还挺管用，他得到一间小破房，修好了可以白住，住多久都行。小房在靠码头的一条小巷里，门窗都已破损，方形园子不长草木，只有行人扔进来的碎瓶垃圾日渐升高。他把小宅院修整好。他原先以为，这种残破凌乱的样子，是从前的住户饮酒作乐造成的；后来才知道，这个夹在两条水道中间的房子，曾经是被禁止的天主教举行礼拜的场所。有一次正做弥撒，警察突然闯进来，把所有人都押走，不用说是送进监牢了，恐怕他们至今还在里边受煎熬。纳塔纳埃尔非常同情他们。

埃利夫妇认为，并且跟人家讲，纳塔纳埃尔找这所房子，是要聚饮和带妓女回来。这种看法大错特错了：他由于脑袋或者肠胃（他本人也说不清楚），喝一杯酒也受不了；至于妓女，他还怕她们纠缠呢，哪敢把住址告诉她们。妓女确实不少,到处皆是,然而,她们涂着廉价的脂粉,穿着从旧货摊买的衣裙,他看着非常讨厌,觉得她们缺乏安的列斯群岛上妓女的柔媚。可是在夏天的夜晚,他到公共场所散步,只要在昏暗的角落里的凳子上坐一坐,妓女就会过来假假依依,挨挨摩摩,她们有的是富户的贴身女仆或者小店员,有的是极为狡黠、偷制过钥匙或者甩掉了伴侣的少妇。她们的欲火令他吃惊,因为,他从未留心自己长得漂亮。不过,她们的春情也唤醒了他的欲念;有时候,他搂住一个,干脆就在原地或者靠在一棵树上干了那事;迟归的行人看见这两个蠕动的躯体,也并不觉得不雅。可是有时候,一些穿戴体面的先生倒是趁着夜深人静,鬼鬼祟祟地溜到跟前。纳塔纳埃尔挺可怜他们;归根结底,这种欲望是十分自然的,而他们却慑于上帝和世人的惩罚。他倒是常常迁就一点儿,随她们到更暗的角落里。他真正喜爱的,还是黄油般细嫩的小乳房、温柔的嘴唇、滑润如丝的美发。

他这个人行乐完了,绝不伤感,而是心安理得,并从中重新得到生活的情趣。不过,他有时不免想象:那些女人在店铺内间,或者在主人家的阁楼上,谈论各自的阴私,相互取笑,比较男人,甚至或因为跟他或因为跟别人怀孕而打胎,杀害初生婴儿,更糟糕的是街道上又多了弃婴。这一切实在都不干净。还有时候,他一阵干咳(自从春天怀疑患了胸膜炎之后,他的身体就一直不大好),从睡梦中惊醒,又后悔起那些偶然的幽会,不但消耗了精血和体力,还可能埋下染病的隐患。只为了几次搂搂抱抱,付出这样的代价就太不上算了。

经过了四年没有思考(至少他认为如此)的生活之后,他又重新回到卧在书中的文字世界。他不像从前那么喜欢书了。他要校对一部恺撒,紧接着又是一部塔西陀;但是,在他看来,书中讲的战争、王族间的谋杀这些所谓的丰功伟绩,不过是无休止的、从来无人惊怪的徒劳的动乱。前天是尤利乌斯·恺撒,昨天在佛兰德斯,是法尔内塞①或者奥地利的唐·胡安,今天则是华伦斯坦或者古斯塔夫·阿道夫。《评论》②每页原文很短,下边注释的文字却长得吓人,学者们对这个伟大统帅的赞誉之词,同阿谀当今权贵的颂歌完全是一

---

① 亚历山大·法尔内塞(1545—1592),意大利帕尔马公国的著名统帅,1577年被派往西属尼德兰。次年尼德兰总督奥地利的唐·胡安去世,他接任总督一职。
② 尤利乌斯·恺撒写的历史回忆录。

个腔调。他们讨好当今权贵，无疑是希望得到赏金，或充当幕僚，不过，好像更是吹捧成癖，乐在其中。有时候，他们也贬抑一下恺撒，那只不过要抬高庞培，仿佛隔了这么久远，人们能给予正确的评价似的。纳塔纳埃尔看着看着，有时停下来，胳膊肘撑在桌子上，任凭一绺绺几乎呈白色的金发垂在眼前。

　　这些被这个罗马伟人夷戮的部落，令他想起为了一个什么菲利普、路易或者雅克的光荣而到处遭受屠杀剥削的野人。这些闯入森林和沼泽地的罗马兵团，大概很像散布在新大陆荒僻之地的那些手持火枪的人；这片辐辏而成阿姆斯特丹的泥水开阔地，从前大概很像他在那边看到的无名海湾。然而，恺撒也仅仅把罗马政权强加给高卢人，还没有恣意妄为，要让他们皈依唯一真正的上帝；就是这个上帝，在英国、荷兰、西班牙和法兰西，也不完全一样，而且他的信徒们还不断互相残杀……荷兰的痞子蜂拥聚到码头上，迎接满载战利品从海外归来的船只。人们只看见一段段贵重木材、一包包香料，却无视因坏血病而损坏的牙齿、艌楼上的老鼠和蛆虫、恶臭的舱底水阱，以及他在牙买加看到的那个因剁掉双脚而要死的奴隶。人们也同样无视像格林威治那个胖家伙的商人的钱袋，他起初向这些大事业提供过资金,有时还向船长出售掺假的或缺斤短两的食品。纳塔纳埃尔心想,这些乌七八糟的事情何时终了。

他看了一些诗人的作品。原先那位老师只有一部维吉尔,让他提防提布卢斯和普罗佩提乌斯令人销魂的淫荡哀歌,卡图卢斯和马尔提阿利斯撩拨肉欲的色情短诗。纳塔纳埃尔要校对一小卷拉丁文哀歌、一部奥维德的编注本。他读来十分有味,有时翻到一页,会碰见几行像蜂蜜一样可口的诗句,一组给心灵留下余香的音节,例如这样描绘维纳斯之鸟:"而维纳斯之鸟,我心烦意乱,鸽子……"①然而,辞藻终归是辞藻,如何也比不上脖颈艳丽光滑的鸟好看……他曾爱过雅奈,也仿佛爱过弗依;他对她们的感情,比起这些涕泗涟涟、浩叹不已、五内如焚的诗人所抒发的感情,恐怕更朴实,也许更强烈。

他看完马尔提阿利斯作品,一部佩特罗尼乌斯又交到他的手里。有几页他看了挺开心。不过,佩特罗尼乌斯写的这三个到处冒险的坏蛋,倒像他在阿姆斯特丹声名狼藉的街上认识的一些小伙子;马尔提阿利

① 原文为拉丁文。

斯这些具有时代敷彩的粗俗笑话，五花八门、无奇不有的描述，一切使虚伪的评论家津津乐道的东西，纳塔纳埃尔在生活中不是自己做过，就是看见人家做过，不是自己讲过，就是听到人家讲过。卡图卢斯笔下的脏话，令他想起船上那些伙伴别出心裁的俏皮话，诸如"傻尻""鸡巴毛""屁股"。不过如此，岂有他哉。

埃利出版的几部神学论著，因为要避免《圣经》引文出错，便交给老手校对。与此相适应，老板（在纳塔纳埃尔的心目中，埃利叔叔仅仅是老板）要求雇员都去听讲道。纳塔纳埃尔每次去，心里总思忖这次布道比上星期天的好还是坏，想了一刻钟之后，他就采取童年时在格林威治施展的方法：睁着眼睛睡大觉。耳边又响起小学教师花园里的啾啾鸟叫、迷岛海岸的哗哗浪声、"美女号"或"特图斯号"的啪啪帆响。过了一会儿，他的思想又回到教堂的座位上，重新听到牧师讲解三位一体，咒骂索齐尼的信徒、再浸礼派和罗马教皇，或者强调唯有基督能拯救人。教民们照例高唱或者狂吼圣歌，觉得这种和声练习十分有趣，然后带着够受用一周的信条、训诫和许诺离开，奔向晚餐热气腾腾的蔬菜烧肉。有一次听完讲道，埃利那个尖酸刻薄的女人把手套忘记在凳子上，让纳塔纳埃尔回去拿。他回到教堂，只见那个牧师双手捧着脑袋，独自坐在空无一人的祷告席中间。系着领巾的年轻牧师大概感到，他刚才的话未免失之肤泛，或者此刻觉得他阐明的真理不如刚才那样可靠吧？纳塔纳埃尔本想上前搭话，就像他从前对待那个快死的耶稣会士一样；可是，他不知道自己该讲什么，再说，这位牧师也许只是有点儿偏头痛，于是他蹑手蹑脚地走开了。

　　第二天，纳塔纳埃尔来到陈列书籍的小客厅，拿起一部厚厚的《圣经》，在这片文字的森林中，寻找他记得的仅有的几片清新绿叶，也就是《福音》中的一些章节。是的，这些产生于田野湖畔的寓言很美；山上宝训散发着馨香，句句话在另一个世界也许是真理，而在我们生活的大地上则是谎言，因为我们觉得这全是从失去的天堂深处发出来的。是的，他本来应当喜爱这个年轻的鼓动者①，这人生活在穷人中间，遭受罗马士兵的无情迫害，遭受律法师以戒律、贱民以叫骂的口诛笔伐。然而，若说在大错铸成的四千年后，这个年轻犹太人才脱离三位一体，降到巴勒斯坦来拯救亚当的子孙，若说人只有通过他才能上天堂，纳塔纳埃尔是不相信

------

　　①　指耶稣基督。

的,这同学者辑录的其他寓言是一路货色。这类故事只要像浮云一样,在人的想象中飘忽不定,那还无伤大体;可是,它们一旦被炮制成教条,重量全部压在大地上,那就完全成为不祥的圣地,出入的只有经营祭牲屠宰场和石毙刑场的圣殿商人。诚然,纳塔纳埃尔的母亲是从《圣经》中汲取力量,守着铜壶和猫安详地生活,并将安详地死去;可是弗依呢,她也纯洁地度过了自己的一生,却跟青草和泉水一样,并没有宗教信仰。

他同那位通晓希腊文的伙伴,无忧无虑的简·德·维尔德一起,隔三岔五到音乐酒馆去消磨个把钟头。简是海量,爱讲有趣的但往往下流的故事,逗得他捧腹大笑。纳塔纳埃尔要的杜松子酒几乎还没有沾唇,他的伙伴就干完自己的一杯了,转而替他代劳。真正令人心醉的是这里的环境,只见灯光忽明忽暗,德国女郎狂舞,几对搂脖抱腰的人也投身进去,长烟斗冒着炼狱的浓烟,酷似版画上的魔鬼作法。这里看到的女人比街头妓女的穿戴要好些,起码她们身上的装饰品在灯下闪闪发光。简看上一张脸蛋,马上追过去,转眼不见了。纳塔纳埃尔付了两个人的酒钱,满腹心事地回家去。不过,那天晚上,一副歌喉引起了他的注意。

唱歌的是一个相当年轻的女郎,一张美丽的脸像金黄的桃子,肯定是个犹太人,因为据他所知,唯独犹太女人有这样暖色的皮肤、乌黑的眼睛。她在用英语给一桌水手演唱,所唱的曲子在伦敦肯定已经过时了:这正是纳塔纳埃尔少年时在格林威治所喜欢的。声音有点儿低沉,但很动听,她唱到一支哀怨的抒情曲时,那张漂亮的脸便挤眉弄眼,一副怪相,力图表达她毫无感受的柔情;可是,当转入轻佻的叠句时,她偶一飞眼,又给人以斜视的印象。不过,这只是瞬间的印象,她的鸭蛋形脸确实光彩照人,宛如一泓投石后复平如镜的水。等到只剩下姑娘一个人的时候,纳塔纳埃尔克服胆怯的心理,走上前去。

别人都叫她萨拉依;她用英语讲述身世非常流畅,可是,她一停止唱歌开始讲话时,就有明显的阿姆斯特丹犹太区口音。她从前在伦敦,在有名的老鸨家谋生;后来,据她说,一位老爷送给她住宅和车马,然而由于情敌的挑拨,她失去了她的保护人的欢心,一时生活没了依靠,便返回故里,在这乌烟瘴气的音乐酒馆暂且混日子。

她给自己要了啤酒。尽管雅克王的水兵已经走掉,纳塔纳埃尔和萨拉依还是用英语交谈;他们使用这种语言,就觉得同酒馆里的嘈杂声隔绝开来了,二人亲亲热热地单独在一起,好像在放下幔帐的床上。她情绪欢快,思想敏捷;纳塔纳埃尔觉出她对自己有意,不禁感到奇怪,因为他从来不敢全然相信自己能讨女人的喜欢。有时她停止讲话,嘴和嗓子仿佛在休息,眼神也变得严肃了;在纳塔纳埃尔看来,那副眼神就像烈火焰焰的夜空。他离开酒馆时,答应萨拉依再来。

后来的几天晚上,他又去了;萨拉依没事干的时候,就过来坐在他的身边。一天夜晚,天气很坏,他正要走进酒店,猛然发现她扎着头巾,拎着个包袱待在风地里。萨拉依拉他离开门口,走出很远,才气喘吁吁地说:

"他们赖我偷了东西,说我是小偷!瞧瞧我身上挨打受的伤!"

她捋起袖子,露出手臂。纳塔纳埃尔借着船上的一盏灯光,瞧见她手臂上一道道青印,只是由于胆怯,他才忍住没有在上面亲吻。

"哼,说我是小偷!老板娘让我滚开。就因为那两头丹麦蠢猪,他们丢了钱袋,有一个还丢了喇叭形花边彩带裤衬套……什么花边裤衬套,谁稀罕那玩意儿!"

纳塔纳埃尔这才明白,那两个家伙是船长,又放荡

126

又粗野,经常一起分享萨拉依。

"你要上哪儿去?"他问道。

"不知道。"

他让萨拉依到他那儿去过夜,他那小房在绿码头街,离音乐酒馆挺远。萨拉依不常走路,在砖铺的街道上深一脚浅一脚,踉踉跄跄,碰到水洼破洞也不知道绕开。仿佛愤怒的泪水模糊了她的眼睛:本来有几家店铺还没关门,灯光照在路上,她却像个瞎子一样,偏偏往黑地里钻。纳塔纳埃尔扶着她,觉得她身体僵硬,这显然主要是因为愤怒而不是悲伤。这个受害者使他产生了极大的同情心。

"快,"她轻轻地说,"再快点儿!"

但是,他一定是吓瘫了,步子都迈不开了。

纳塔纳埃尔先进屋,将炉火拨旺,把唯一的小凳子搬给她坐,自己坐在一块劈柴上。他对萨拉依的那种殷勤劲儿,简直像对待王后,给她端上来面包和剩菜。她填饱了肚皮,这才向四周扫了一眼,不禁撇了撇嘴。窗子玻璃碎了,北墙裂开长长的一道缝,对此纳塔纳埃尔头一次感到懊悔。他一定要全修理好。自从萨拉依进来,就像点亮一盏明灯,全屋一片金碧辉煌;地上乱丢的家什、床上的破被也都显得好看了,而那张床躺上去乱摇晃,他俩又哈哈大笑。萨拉依并不吝啬自己的魅力。这个身体,线条婉顺,浑如天成,别有一种柔媚,这是纳塔纳埃尔从未想到的。他跟任何女人也没有这样快意,但是话到嘴边没有讲,怕被对方看成笨伯或新手,也怕将来被对方牵着鼻子走。不过他倒觉得,这种如胶似漆的欢愉在两人间建立了无限的信赖,就好像他们生来相识。

那天早上,他挺晚才到埃利那里,又早早离开,好买些家里缺少的东西,到家一看,萨拉依还没有起床。晚饭吃他从小摊贩那里买的醋腌壳菜和香料糕饼。连续几天,也许连续几周(他从来不计算日子),他觉得过着国王或神仙一样的生活。他把这种幸福推而广之,认为他在灰暗的街上碰见的一切都如此:这些穿短裤儿的男人、穿破劳动服的男人,这些在市场店铺见到的丑陋的女人,或者勉强看得顺眼的女人,也许都有一段给予别人或从别人那里得到的珍贵艳情。别看他们衣衫褴褛,躯体却都滚热。这些乱蓬蓬的茅屋同他自己的十分相似,里边住着城关税卡的税务员,或者码头的装卸工,也可能有一张闪着光环的床,宛如书籍卷首插图上射透云端的霞光。一副女人的细嗓音从窗口飘出来,哼一支无聊的歌曲,这也许同萨拉依的嗓音一样,对一个丧失勇气的男人的心是一种安慰。纳塔纳埃尔每次回来,都看见她还躺在床上,缝补她的旧衣裙。有的女人讲究利索整齐,她却把周围弄得乱七八糟。不过,纳塔纳埃尔此时心正盛,很快把东西都放回原地。过了一个星期,萨拉依才探头探脑出门,在这个她不熟悉的街区走走,到面包房买面包,到养头奶牛的女邻居家买牛奶,到水泉打水,那里的水比运河的水干净些。有一次,她甚至把洗好的衣服晾在一根长杆上。晚上,纳塔纳埃尔在炉火前忙着热饭,她就在屋里走来走去,有时停下来在他脖颈上亲两下,或者摩挲他的头发,就像嬉戏一样。纳塔纳埃尔却时而觉得,她爱他的程度,顶多像亲近主人的一只猫。

有一天,趁着萨拉依出去一会儿,纳塔纳埃尔拿了抹子和灰膏,走到墙根,把塞缝的破布掏出来,想把墙缝抹平,突然发现里边有什么东西,被放在地上的蜡烛照得闪闪发亮。他小心翼翼地把手探进去,掏出来一看,原来是个装有金币和银鞋襻儿的钱袋,以及包在手绢里的喇叭形裤衬套。刹那间,他觉得绳索套住了自己的脖子,就跟他在格林威治以为打死了调戏雅奈的胖子时产生的念头一样。他窝藏赃物,是罪有应得。接着,想到这个女人来他的茅屋藏身,以跟他同床的方式付房租,他心中又顿生痛恶之感。甚至在这个不会有人来找她的偏僻街道,她也是等到那两个丹麦人启航之后才敢出门。在老板娘把她赶出酒店之前,那两个丹麦人若是果真揍过她,也必然搜过她的身,那么,她怎么可能把东西藏在身上,或者塞在旧衣裳里随便带走呢?她讲的那些令他愤慨的暴行,恐怕纯粹是编造出来的,没准儿她不等别人发现丢东西就逃走了。纳塔纳埃尔把赃物装进旧工作服的兜里,仔细把墙缝抹好。天一黑,他就把这些偷来的东西扔进运河。

这件事,他没有对萨拉依讲,而萨拉依也好像没注意墙缝抹死了。过了几天,墙又出现裂缝,他心里明白,萨拉依把新抹的灰膏抠了下来。这一次,他也装作根本没有看见。仔细想想,他倒觉得归根结底,萨拉依和那两个丹麦醉鬼一样,都有权占有这些金币。况且,令他气愤的,主要不是这个女人的偷窃行为,而是她的冷酷心肠:她显然故意使他蒙受耻辱,甚而把他推上绞刑架。不过,也多亏了这个肮脏的事件,他才得此艳福,在一定意义上,他也是乘人之危。自从肉体的需要变成他们唯一能坦率交流的语言,夜间的欲火总是燃得很旺,也许比任何时候都旺,只是他觉得在同一个肮脏的女人睡觉。

等到萨拉依发觉自己怀孕了，事情可就全糟了。她从前一直平安无事，因此不相信这次是真的。最后，一切办法都失灵了，她就说要去打胎。但是，纳塔纳埃尔极力劝阻，生怕使用药粉长针会出大事儿。萨拉依一连赌了几天气，时而恼怒，时而流泪，头也不梳，脸也不洗，旧裙子都泛味儿了。纳塔纳埃尔又让裁缝给她做了一条裙子，是好粗呢料的，还做了一条披肩和布围裙；可是，新裙子她就是不肯穿。为了制止本街道住户的闲话，纳塔纳埃尔决定举行婚礼。这事儿可不容易办，必须找到一个能通融的牧师，尽管新郎没有在任何教区的名册上登过记，这个牧师不仅得同意主持仪式，还得同意不用基督教理和洗礼这一套难为萨拉依。他把自己的难处告诉了简·德·维尔德，简·德·维尔德还真帮忙，他交际广，找了一位豁达的神职人员。有钱好办事。简短的仪式一结束，他邀请新婚夫妇去小酒店吃饭，席间用荷兰话模仿牧师念《圣经》的浓重的鼻音，逗得新娘咯咯大笑。诚然，简·德·维尔德在女人方面并不是个危险人物，可是，这桩婚姻转眼就受到新娘本人的嘲弄，在虚应的婚礼之后又来喝酒胡闹，纳塔纳埃尔想想心里很不是滋味：他模模糊糊地觉得背叛了什么，欺骗了谁。

举行正式的婚礼,也丝毫没有改变左邻右舍的态度,他们都把纳塔纳埃尔看成可怜的糊涂虫。萨拉依还是照样愁眉苦脸,离预产期还有两个多月,这个少妇突然提出要回犹太街她母亲家去。想不到冒出来个母亲,真把纳塔纳埃尔吓了一大跳。

　　他又暗暗追忆二人初次见面以来的情景。即使这位母亲不过是逢场作戏的关系,萨拉依在酒店挨揍的那天晚上,干吗不到她家去躲藏呢?不用说是怕连累那个老太婆。而且,回到母亲家里——假如萨拉依有母亲的话,这种愿望也是可以理解的;绿码头街这间小破房很潮湿,纳塔纳埃尔又每天上班,一早就走,很晚才回来。再说,萨拉依在邻居中没有交下朋友,怕他不在家,万一生孩子就没个帮手,这种担心也是不无道理的。由于萨拉依走动已经不便,而路途又挺远,纳塔纳埃尔给她雇来一辆马车。邻妇见她爬上车,一个个都嘿嘿冷笑。

卢芭太太，一般人只知道她叫蕾阿，她住的房子前后开门，前门临犹太街，开个旧货店；后门临基督教徒区的一条小巷，门面擦得锃亮，里边经营从法国进口的小装饰品。上流社会人物也不惜降低身份，来此店购买肥筒短裤和热那亚的女式斗篷。蕾阿的店铺星期六和星期日关门；星期六不营业是遵照犹太人的戒律，而星期天基督教的顾客不买东西。纳塔纳埃尔只有星期天有点儿时间。萨拉依被安置在顶层的一间小屋里，由老太婆和她的两个侄女在空闲时间轮流陪伴。这几个女人十分亲密，在一起又说又笑，又搂又抱，真是沸反盈天；她们的声音有时突然升到愤怒的顶点，有时又化作温存软语；有时句句话都怕人听见，有时什么事儿都高声嚷出来。蕾阿和她所谓的女儿讲英语，这是她俩的秘密语言，以防两个侄女或女仆听懂；谈话中间，时而夹一个希伯来语词或葡萄牙语词，就仿佛是在危险地点发出的信号，表明话中有话，以此代彼。

纳塔纳埃尔始终没闹清,她俩是不是真正的母女关系,不过从她们开玩笑和斗嘴中得知,蕾阿从前在伦敦开过挺像样的妓院:恐怕就是她,把年纪轻轻的萨拉依卖给奥斯蒙老爷,也肯定卖给过别的人。看来,这个烟花女也是因为类似酒店里发生的那种事件,断送了正式情妇的大好前程,抛下她干娘独自逃走了;过了几个月,老太婆也偃旗息鼓撤离了。不过,卢芭太太还常来往于阿姆斯特丹和伦敦之间,为一个钻石商人办事儿。也许她当时不巧出门了,萨拉依才看中绿码头街,暂且藏身。

　　现在,纳塔纳埃尔一个人在家,住在运河边的邻居又常停下脚步跟他聊天。他从邻居的嘴里听说,去年夏天,他不在家的时候,萨拉依经常出去,一出去就是很长时间,不是蕾阿为她安排会客赚钱,就是她去帮助这些女人正正经经干活:叠花边或者配香脂;然而,对她这一趟趟的来来往往,她讳莫如深,这就不免给她的行动蒙上了可疑的色彩。也许在这些女窝主看来,这间离她们很远的茅屋可以利用。少妇到来不多日子,纳塔纳埃尔就发现藏在墙缝里的小包,打那之后,他一直没有想到再查看查看。一天晚上,他想起此事,便动手把里里外外搜了一遍,残破的茅屋、铺砖短缺的地面、院子里的垃圾堆,凡是能藏东西的地方都搜到了。显而易见,萨拉依离开时,把所有东西都带走了。

几个女人早就跟他讲好,孩子一降生就给他捎信儿去;可是,到时候手忙脚乱,她们把这事儿给忘了。产后的那个星期天,他像往常一样过去,只见萨拉依双手搭在鸭绒被外边,模样儿漂亮了,精神饱满了,冲着他直微笑,老太婆的一个侄女正在给她梳头。纳塔纳埃尔拿眼睛扫扫四周,却不见新生婴儿,还以为夭折了呢。原来,萨拉依的奶水太少,孩子出生的当天早上,就交给邻妇喂养了。

纳塔纳埃尔来到奶母家,看到是一个厚道的中年主妇,像东方季戈涅妈妈①,习惯于在孩子的哭闹声中生活。她一张口,净是些虔诚的话。房门贴着希伯来驱邪符,一推开门,就仿佛远离了喧闹的街道,也远离了蕾阿家那种处处陷阱的地方。她丈夫是个屠夫,为人规规矩矩,宰牲口的技艺很高,能放干血使其慢慢死去。可是,他对家里人却心肠很软,十分忠厚。奶母拿来一盏灯照孩子,说道:

"好看吧,嗯?"

---

① 法国木偶戏中的角色,身材高大,衣裙里会走出一群孩子。

纳塔纳埃尔觉得孩子很丑,不过他知道,在女人的眼里,所有初生婴儿都漂亮。想想自己同萨拉依恣意作乐,有欢笑,有眼泪,有腰身的蠕动,有情欲的缠绵,最后结出这样一个嫩弱的芽苞,他不禁感到惊异。孩子的头盖骨刚刚合缝,上边盖着一层从娘胎带来的黑绒毛。不管怎么说,他这个小小的生命,还得由这些女人照管,如果有朝一日,他纳塔纳埃尔能负起抚养的责任,别人很快就会知道孩子来自犹太区,他又该如何处理呢?婴儿刚刚受了割礼,这使纳塔纳埃尔感到伤了自身的腹心,就仿佛这种《圣经》规定的祭献,是对人身整体的渎犯似的。孩子起名叫拉扎尔,看来他要在犹太区的风俗习惯中长大。这种风俗有的方面很糟,有的方面又挺好,但不管怎么说,完全不同于绿码头或者埃利营业的骷髅地街的风俗。他以后多半要上犹太学校,在那里学到的东西,比起新教学校教授的内容,既不更真实也不更虚假。不过更有可能的是,大街就是他唯一的学校。他长大后,也许对父亲的情况了解很少。就是这种父子关系,人们也可能提出许多疑问。

　　纳塔纳埃尔退让了一步,他不再坚持马上把萨拉依领回家。萨拉依觉得,在绿码头街的那段生活真像一场梦。若是春暖花开的季节嘛,她倒是肯回去,眼下小屋子冻手冻脚的,没法住人,纳塔纳埃尔的咳嗽就是明证。这段时间,卢芭太太对他的招待也好了,尤其在他穿起又像工匠又像市民的漂亮新装之后。当然,他也常给几个女人带来些小玩意儿和糖果点心。萨拉依笑着说,他这样摆阔,肯定发了横财。她这话还真八九不离十。

孩子出生前不久,纳塔纳埃尔又主动向埃利索取家产中他的那一小份儿:他甚至威胁说要找诉讼代理人或执达吏来干预。埃利很痛快地把钱交了出来。这情形就像纳塔纳埃尔使足全身力气拔一棵烂树根,不料一拔就出来了。旧钱袋里装的,一共有四百八十荷兰盾,全倒在陈列书籍的客厅桌子上,债务人数了一遍又一遍,最后装进口袋,将口扎好,交给侄儿。纳塔纳埃尔将口袋撂在地上,不免感到羞愧,自己竟然怀疑这位正直人的诚实。埃利已经准备好一张纸写收条:

"签字吧!"

年轻人没有仔细看看就签了收条,不过在交出去的当儿,他偶尔瞟了一眼,却看清了一行字。原来,纳塔纳埃尔签署的收据,不仅仅是埃利答应还给他的那笔钱,而且是叔父欠他家的全部数额。埃利把收据锁起来。

"别忘了,自从您过世的父亲把这笔钱留给我要生利以来,我们在阿姆斯特丹这地方,屡次遭受削减年金和倒闭的打击。"出版商酸溜溜地说。

"什么,就这几个子儿? 就这点儿不值一提的钱?"

"这是四百八十荷兰盾哪,我可没那么有钱,说这种大话。"出版商反驳道。

纳塔纳埃尔环视一下周围,瞧瞧只有富人才买得起的家具。

"家里的这笔财产,我希望您能像我这样精心管理,"叔叔又以尖刻的语调说,"尽管您肯定有急用。"

纳塔纳埃尔又把钱袋放回桌子上。

"您拿不拿走我都不在乎,反正您已经给我签了收条。"出版商冷淡地说。他刚才随便找了个借口,把简·德·维尔德叫了来,无疑是找个见证人。纳塔纳埃尔把钱收起来。

他本想立刻离开,再也不登这个门槛,他在这里一行一行校对经典著作,整整给人家干了四年。他叔叔却用手指了指校样,让他带走。他机械地拿起来。埃利的神色又严肃又忧伤。

"最后还落个挨骂的名,"埃利好像很不甘心地说，"千万不能拿一个家庭的财产去生利。忘恩负义……"

看那刚毅的气概，仿佛他竭力保持冷静才没有流下眼泪。纳塔纳埃尔啐了一口，转身离去。

纳塔纳埃尔打算给他两个哥哥写信，他们还一直在南安普敦给皇家海军干活吗？他母亲在收容所（她还活在世上吗？），只会念《圣经》，却不会写信。况且要写信，就得告诉家里人，他怕显得不信赖叔父，就没有核对收据，而他这种羞怯是难以理解的，说了家里人也不会相信。

他决定去请教克吕伊特，那个小老头当初也在印刷厂做工，是他的老前辈，因为得到一小笔遗产，就自立门户了。克吕伊特的印刷所可不搞羊皮封面精装书，只靠三台印刷机和四名工人，使用包装纸，印制那些图虚荣或者想劝善的牧师送来的训诫录，也印制农历和兽医技巧一类的小东西，卖给农民和马掌铁匠；他对待工人比埃利还苛刻。不过，他最大的进项，还是用高卢语印一些抨击法国宫廷丑闻的小册子，不顾给作者造成的风险，偷偷运往法兰西。生意还挺兴旺，这一天，老头儿正得意地抽着烟，听完埃利如何设了圈套的叙述，不禁耸耸肩膀：这个天理不容的人就是如此。

"这样好不好，"他像乌龟一样小心地探过头去，说道，"你哥哥的三百二十盾，如果你想替他们放款，我，尼克洛斯·克吕伊特，我愿意出三分利。这我也有赚头，因为高利贷者要四分。倒不是手头缺钱，谢天谢地，而是资金回收得慢，总得慎重考虑。"

纳塔纳埃尔憎恶高利贷，坚持要二分五厘的利息。双方签订了合同，并为此干了一杯。走到门口，老头儿还高声对他说，要他想法搞一篇揭露马扎然①和法国王太后阴私的色情文章，既然埃利不屑于印这类东西。接着，老板又冲一个扛着沉重货包的工人叫嚷，而纳塔纳埃尔见工人腰都压弯了，就赶紧让路。看来，这里也不是同舟共济的伙伴工厂；年轻人所向往的工厂，应当是每个人都有节制地分红，超额利润是属于大家的，要重新投入企业中。不过，还是把两个哥哥的份额存起来为好。哥哥的份额？仿佛耳边有声音向他嘀咕，孩子万一有急用，或者萨拉依万一回到他身边又需要，难保他不把这笔钱慢慢取光。他自己的信誉也不见得可靠。

___

① 儒勒·马扎然（1602—1661），法国政治家、外交家，路易十四的枢机主教，曾在太后奥地利的安娜摄政期间帮她巩固地位。

他把五十盾交给拉扎尔的奶母,以备孩子不时之需。厚道的妇人把这个基督徒的钱恭恭敬敬地放进匣子里。孩子的抚养费不多,由卢芭太太负担;对这些女人的得意失意,奶母好像完全知根知底。可是也难说,这个心肠好而嘴又好讲的女人,没准不久就会泄露这事儿,雷阿和萨拉依可能就会缠住她不放,要她把存款交出来。给孩子的这笔抚养金,也不过是一种迷信行为,就像纳塔纳埃尔用以证明父子关系的一种方式。

纳塔纳埃尔本想离开埃利,去给他的对头布洛干活。不过眼下不成,那家出色的书店人员已满。不管怎么说,在藏书客厅发生那场闹剧之后,纳塔纳埃尔的处境非但没有恶化,反而改善了。克吕伊特离开工厂,又进来一个新工人,他就一变而为老师傅了。而更主要的原因是,埃利愚弄了他,心里自然高兴,对他也就突然表现出一种叔父的慈爱。埃利有时拍他肩膀一下,给他很大的面子,甚至有一天活儿紧的时候,还夸他干得快。有一个星期天做完弥撒,埃利请他吃晚饭。饭桌上的气氛很沉闷,叔侄二人都没有什么话好讲。不过,埃利还是指东说西,数落了一通迷上不信基督教女人的基督徒——一定是简·德·维尔德说了闲话。埃利的老婆爱娃,从前那么尖酸,现在却不时地向他投来好奇的目光,俨然一副假正经女人的神气,偷看那个听说是受女人喜爱的小伙子。纳塔纳埃尔赶忙溜之大吉。

这顿乏味的晚餐之后,纳塔纳埃尔觉得蕾阿的家格外舒适可心,由两个爱笑爱闹的姑娘端到桌上的菜肴格外香甜,波尔图和马德拉葡萄酒也格外醇厚。他有点儿乐昏了头,大谈起他把绿码头街的房子修葺一新,那里的树木很快就要抽芽了。萨拉依神秘地眨了眨眼睛。她的体力得慢慢恢复,还需要两个妹子的照顾。老太婆好几次让他俩一起睡觉,可是,曾经笼罩茅舍小床的云蒸霞蔚,宛如奥维德描绘的合欢床的那种景象,却黯然不见了。萨拉依对他完全使用了妓女的手段,而他对萨拉依也不过是男人对漂亮姐儿的肉欲;在床上的这种虚与委蛇,真像在宴席上勉强多吃一口或少吃一点儿。他也知道自己成了两个妹子开玩笑的目标,她们嘲笑他的跛足,揉搓他的头发,说这是茅屋顶,他也跟着一起笑。一天晚上,萨拉依偏头痛,她仿佛逗着玩,把纳塔纳埃尔往一个妹子怀里推,那个妹子却求之不得。对此纳塔纳埃尔与其说是气愤,不如说是伤感情。

他的气管炎每年必犯:这次邻居照顾他。过了三周,他的身体恢复得差不多了,便受埃利的差遣去办事,把非常古奥的《绪论》的清样送给一个学者。那学者是犹太人,名叫列奥·贝尔蒙特,跟萨拉依住在同一个区。他亲自给纳塔纳埃尔开门,并同他讨论写在页边上的几处关于两三个拉丁句法结构的修改,态度十分谦和。纳塔纳埃尔本想多待一会儿,请教作者关于宇宙和上帝的本性的一些论述;但是他想起一句谚语,说的是一个鞋匠看画像,赞叹模特儿画得多像多美不算,还夸鞋画得多逼真。他既不是神学家,又不是哲学家,讲出来的看法对列奥·贝尔蒙特有何神益呢?

天色已晚,他脑子一转,想到蕾阿那儿去看看,尽管这不是他通常去的日子;好长时间没去,萨拉依也许会挂念他。

店铺里非常昏暗,不过门没有插。里边小房间有一盏灯,从门帘缝透出一点儿光。纳塔纳埃尔敛声屏息:萨拉依同一个男人在一起。他讨厌偷看,可又情不自禁地悄悄走到门口;小房间照得亮堂堂,像个舞台。那个骑兵戴着毡帽,蓄着胡子,他正一个劲儿地跟萨拉依亲嘴。少妇的上衣敞着怀,露出乳房;那个情人用手扯动,并机械地挤着,就像压盛水的羊皮袋。萨拉依装出一副媚态,手顺着嫖客的肋溜下去,多情地搭在他的腰间,灵巧地伸进他的上衣兜里。纳塔纳埃尔看见她掏出圆圆的金黄色的东西,大概是个糖果盒,转瞬间藏到肥大的裙褶里。他悄悄离去的时候,还听见身后有哧哧的笑声,跟她原先在自己怀里的笑声一样。来到街上,他思忖道:"她在干她的行当……她在干她的行当……"

他甚至并不伤心,如果感到气愤可就太傻了,只是可怜那家伙;那人跟自己从前一样,可能正在得意扬扬,也跟自己从前一样受了骗。不过,她自小受的教育就是揩男人的油,也正如男人揩她的油。这是极浅显的道理。

回到绿码头街,他又拨旺灰盖着的泥炭火,借着火光,察看准备萨拉依回来而买的几件新家什:他随手摔碎两个碟子和两个大口瓷杯子,把碎片扫到屋角,又折断他给拉扎尔做的摇篮的板条。有一条八九成新的被子,是他从一个水手那里买的,肯定是水手从船长铺上偷出来的,他本想扯乱了,但最后还是盖在自己身上睡着了,一觉睡了好长时间。这欢乐与失望的一年又沉入深渊,就像从岸上抛出去的一件东西,就像他回到格林威治之后,他原先以为打死了专爱细皮嫩肉的姑娘的胖商人而产生的恐惧,他同混血种人一起漂泊的漫长的几个月,他同弗依在贫穷中相爱的两年。这一切本来可以不发生。

纳塔纳埃尔把钥匙还给房主。房主从前是海军上校,有一张滑稽生动的脸,看样子完全了解他的遭遇:

"怎么,鸟儿飞啦?"

这个老海员还说,他可从来不把这种事放在心上;对女人嘛,勉强不得,要拿得起放得下,比起拿得起,更要放得下。老头儿听纳塔纳埃尔说把几件家具和器皿留给他,权当房租,因为房子一直没有完全修好,他虚让了几句,也就接受了。纳塔纳埃尔把衣物和书寄放在一个邻居家里,邻居还好心要给他腾个铺位。可是,这家人只有一个房间,睡在一起已经够挤的了。况且,年轻人实在不愿意再看到这个码头,这里的树木,以及这个区居民的面孔。不过,同一个朋友聊聊,或者同一个近似朋友的人聊聊,这种愿望还是挺强烈的。不得已而求其次,他只好去找克吕伊特,心想给点儿钱,克吕伊特也许会同意让他住在车间里。

一跨进门槛,他却大吃一惊。印刷机全被拆毁,捣坏,砸扁;毁坏的曲柄、割断并搅在一起的皮带,乱七八糟散了一地;柜台上汪着一大摊油墨,并流出去几条长道子。这摊乌黑发亮的油墨令他想起卢芭关起门来算

145

命所使用的油墨。不过,最奇特的景象还是铺在地上的铅字:从敞开的抽屉里掏出来的成千上万的铅字散乱在地上,布成一种荒唐的字母表。纳塔纳埃尔在这堆废铁上慢慢移动脚步。

"来看你的作品啦?"

老头儿坐在柜台后边,两个拳头顶着脑门儿,一个胳膊肘浸在油墨里,转过脸对他怒目而视。

"就是那个关于法国朝廷的小册子,是你从埃利那儿给我拿来的,知道吗? 哦,对不起,是从印刷厂老师傅亚德里安森老爷那儿拿来的。"他悻悻地纠正说,"小册子销路很好,尤其是在巴黎偷偷出售。只不过我事先没有时间看一看。就是这样:先生对我格外照顾,从他叔父那里拿来他们不屑印刷的小册子,而且就像事出偶然一样,里边写的是法兰西驻荷兰大使。这个轻浮的年轻大使,同船主特罗安的老婆睡了觉。由于总有人把刚印出来的诽谤性小册子送给他⋯⋯"

"他就打发仆役来啦?"

"哪里! 他在码头上找了四个彪形大汉,今天早上派了来。他们全给捣毁了⋯⋯"

老头儿的声音也破碎了。纳塔纳埃尔关上门:穿堂风把从口袋里出来的纸片吹得乱飞。他走上前去想劝慰几句,不料克吕伊特一巴掌把他扒拉开,同时把打碎了一半的墨瓶推得乱晃。

"滚开,浑蛋！哼,叔侄二人串通好,搞垮小本经营的竞争者……告诉你,滚开,去找你那犹太婊子吧……还有那些不值几个钱的故事的瞎话……你赚的几个钱,可以给……"

纳塔纳埃尔听不下去,赶紧出去,他下意识地用手擦擦溅上油墨的袖子。他挺可怜这个老人,不过,最糟糕的是他以为他是个朋友。说穿了,这种所谓的友谊,不过是掩饰对埃利的共同的仇恨。萨拉依当然是个婊子,她也是犹太人,然而,这两个词不足以界定她这个人。再说,无论哪个词都没有克吕伊特小老头所讲的含义。实在说来,它们几乎没有任何含义。

最简单的办法,就是在城里找一个名声好的租赁房屋的人,要一间地板打蜡的冰冷的小屋子,睡在冰冷的床上。房钱还付得起。然而,他仍没有打消需要点儿人间温暖的愿望。简·德·维尔德住在一个旧仓库的阁楼里,离这儿只有几步远。要经过一系列翻板活门,才能到那个宽敞的、四处透风的房间。简跟他说过好几次,非让他搬去一起住。于是,他生出个念头,今天晚上就到简那儿求宿（至于长期合住,见了面再说),听听简用稍微嘶哑的嗓子讲笑话或哼哼希腊语,单单为了这种乐趣也值得去。归根到底,还是简拉来一个牧师,给他和萨拉依举办婚礼:同简谈萨拉依,可以无所顾忌。阶梯一层接一层,爬得他气喘吁吁。简来掀的盖门,他穿着节日服装,这也不奇怪,今天是假日,脸甚至也刚刚刮过。纳塔纳埃尔看见他身后有张桌子,上面像摆了宴席:一罐啤酒、奶酪、两份蛋糕、一瓶杜松子酒。纳塔纳埃尔尴尬地求宿,简脸红了。

"真可惜,老弟!来得太不巧了。实话说,今天晚上,我等待厄洛斯的青睐,阿佛洛狄忒天仙的笑脸。不过,若是你明天晚饭时再来……"

纳塔纳埃尔摇了摇头。简无神的眼睛有点儿黯然,他实在不愿意驳朋友的面子,于是又提议:

"喝口杜松子酒吧?"

可是他再一看,客人的半截身子已进入洞口,正忙着下去。厄洛斯的青睐……阿佛洛狄忒天仙的笑脸……简有权捞到……轮到纳塔纳埃尔头上,假如哪天晚上,是他心急火燎地盼着重要的客人告辞,好和萨拉依脱衣服睡觉,他会把简留宿在绿码头街吗?

开始下雨了,雨点夹着松软的雪团。纳塔纳埃尔朝港湾走去,那里停泊着从海外驶来的船。远远望去,

148

桅杆像在朔风中摇动的光秃的树木。几点灯火时而闪亮，否则真难相信，这些黑乎乎的船体里有人生活。现在他觉得，他一生中最美好的岁月，还是那几次航行，在天气肃杀的港口停泊时的那些懒散日子，或者在当地居民称为迷岛的岛上既有艰苦生活又有天真爱情的那两年。不过，一个不停咳嗽的、干点儿活就喘不上气来的前任水手，哪个船长也不肯要。

他发觉自己的外套整个儿变白了。雨已经完全转为雪。时间恐怕比他以为的要晚：各家各户的灯都熄了。在这个区里，他总可以找到一个点着蜡烛的酒吧。可是，他不知不觉离开了市中心，朝田野方向走去，只留心别走近水渠或水坑就行，因为他实在不乐意死在污水泥坑里。尽管融化的雪水顺着脖颈往下淌，他还是感到浑身发热。他竭力保持平稳，怕行人见他走路跌跌撞撞的，会把他当成个醉鬼。其实，街上阒无一人。路过一个集市棚子的时候，他瞧见两个非常老的乞丐，那是梯姆和米纳，他俩裹着破布片，紧紧搂在一起，冻得瑟瑟发抖，就像两条流落街头、在垃圾中寻食的瘦骨嶙峋的狗。纳塔纳埃尔从兜里掏出一把沉甸甸的硬币扔给他们：听到砖路上银币、铜币的声响，两个老汉咕噜咕噜嚷着扑上去。再有两天埃利那里就发工钱了;今天旷工,害了三周的气管炎,钱要扣除,这关系不大。他走进一条漂亮的大街,两旁半数是豪华的新楼房;挂一层雪的高高的门面很像海边的悬崖,一栋一栋由栅栏或矮墙隔开,这些砖砌的小巷像缝隙一样,任风窜来窜去。尽管纳塔纳埃尔把帽子扣得低低的,一阵风来却仍然吹掉了,这倒把他逗笑了。他觉得这里的风有时同海上的一样,回旋不定。他发现一个墙角好避风,便躺在那里睡着了,身上很快盖了一层薄薄的雪被。

他醒来的时候,发觉自己躺在一个宽敞的房间里,四壁刷了白灰,窗上镶着灰色的大块方玻璃。昨天、今天和明天,连同夜晚,只构成昏热的漫长的一天。他以为自己一定是跟人打了架,肋骨挨了一刀,其实不过是胸膜炎复发了。又过了几天,他再看这些墙壁和玻璃就清楚多了,而这次窗户外边还流着雨水。房间里充满了人的嘈杂声和难闻的气味。有人咳嗽,也许就是他自己吧。右首床上蜷曲着一个男人,正在轻轻地哼着;左首床上也有一个,这个人很壮实,不停地掀掉被子又盖上被子,同时声调不变地高声重复:"我这条该死的腿……"

再往远一点儿看,只见一个样子激动的老人,他整天说话,速度很快,像水泉溢出的细流一样始终不枯竭。他一定在叙述自己的一生,然而没有人注意听。

大夫过来了,只见他头戴毡帽,衣领袖口都是浆过的,周围簇拥着一群穿戴同样讲究的大学生。一名男护士的凉手指伸进来,给纳塔纳埃尔脱衬衣(仍然是他入院穿的这件,但是肯定有人刚洗过又熨过),露出他的瘦肋骨和带有水蛭吸血印痕的脊背。这位很有口才的医生用漂亮的手拿着一根小棒指着,讲了几句拉丁语,说明这种肺病的发展过程。患者幸亏充满青春的活力,这次才会活下来,然而,恶劣的气候,明年冬天⋯⋯

纳塔纳埃尔想以漂亮的拉丁语回答几句,给大夫一个意外,可转念一想,何必让这个卖弄学问的人吃惊呢?再说,他极为困乏,懒于讲话,于是又合上眼睛。

他再次睁开眼睛的时候,听见隔壁房间的号叫声从关着的门传过来。原来是他邻床病友的叫声,一定是外科医生在给他那条该死的腿动手术。这个人再也没有回到病房,另外一个人躺到了他的床位上。

从窗户往外看,现在正是黄昏。纳塔纳埃尔感觉好些,便支起上身。有人用湿海绵给他擦身,就像给死人擦身一样。他定睛一看,是一位高个子的中年妇女,白净的面孔很冷淡,一副内行而专注的神情。她带来的篮子里装着食品,喂了他几匙又稠又甜的奶油。随后,她又到别的床位,不过停留的时间短些。护士们都认识她,叫她克拉拉太太,是前市长范·赫尔佐格的管家。她几乎每天都来探视病人和囚犯。

等到纳塔纳埃尔能讲话了,克拉拉太太就询问他的姓名、住址和工作。几天之后,她带来了坏消息。她去过骷髅地街,埃利·亚德里安森考虑到纳塔纳埃尔年初害了三周的气管炎,后来又长时间不露面,就决定另雇一个校对,现在是新校对在干活。当然,有时会有校对不完的活儿,可以留给这个正在恢复的病人,也可以雇他在包装室干活。埃利没讲什么特别的话。除了埃利,她还看见一个叫简·德·维尔德的漂亮男子和一个老头儿;简·德·维尔德的头发烫了卷,请她多多向纳塔纳埃尔致意;老头儿一直干活,没有理睬。那人一定是克吕伊特,他受了老板的坑骗并不怀恨(谁知道呢?),又回到老槽来。

其实,这又有何妨?纳塔纳埃尔并不希望继续给埃利干活,到别处总可以找到差使干。随即,一丝恐惧掠过心头:梯姆和米纳在年轻的时候,也一定想总可以找到事干。不过对他来说,需要挣钱糊口的日子不会太长了。

"当初您躺在园子门口的雪地里,是我们发现的,"克拉拉太太仿佛猜出了他的念头,说道,"我们不会丢下您不管的。有好几次了,他们准许我把病人和残疾人带回去。"

她举出两个受过她照顾的人:一个右胳膊瘫痪的老人,尽管又老又残,还是在国王运河的一座小寺院给他找了个门房的位置;另外一个是患水肿的女人,最后被送进收容所。她谈到她的主人,范·赫尔佐格先生和他女儿德·艾利夫人,总是使用不明确的复数人称。在她不痛快的时候,他们也是"上边的人"。或许她保持一定距离,只是模模糊糊地区分他们,或许她回想起自己那个当过粮食饲料商的亡夫是前市长的远亲,因此着意避免显得低下的举动。她离开之前,坚持扶纳塔纳埃尔在长廊走走,好练练他的双腿。

次日,她帮助这个正在康复的病人穿上鞋,又以理发匠的熟练手法,给他刮掉因多日住院脸颊上长出的长须,再给他穿上仔细缝补过的旧衣裳;这类便宜衣裳,她似乎收集得很全。考虑到路程远,她事先向园丁借了小船。他们在很少过船的运河上划得很慢;年轻人躺在船上,身上盖条被子,沉醉在春意中。到了园子后边的小码头,他扶着他的女恩人走上台阶。可是,当他表示感谢时,她却制止他,让他保护嗓音和气力。看到这个额头隆起,头发盘在头顶,沉默寡言的高个子女

154

人，他情不自禁地想到书中看到的死神寓意画。可是，这种迷信的念头令他惭愧：死神，如果它真的存在的话，那也是在他的肺部，何必化装成大户的女管家呢？

此后，纳塔纳埃尔很少见到克拉拉太太，尽管他住在她的一个房间里；供给她使用的共有三个房间，都对着车库。她在这座豪华的府邸终日办事，傍晚休息，也就是说去护理病人和囚犯。主人对她的行为已经习以为常，只要求她回来时，把去探视穿戴的大披肩和帽子挂在露天地里，怕这些东西的褶缝里带回来恶气与热病。至于她，从来没有传染上任何病症。

开头他们一起吃饭，纳塔纳埃尔也只能在饭桌上见到她。女管家碍于身份，不能同下人共餐，而纳塔纳埃尔，按她说的，念过书，因此被她视为先生。

克拉拉太太对于医院、监狱所见，不是默默回味，就是讲述一遍。纳塔纳埃尔从而得知，她去大监狱时，总带着可供坐浴的小桶，以及满满一碗羊脂，好给受刑的人洗伤口并涂上羊脂。审讯时，往往在犯人脚上放了重物，让他坐在三脚架的尖上，这样，他的会阴就慢慢地被割成两半。她还带着纱布团，好垫在罪犯的踝骨和脚镣之间。然而，纳塔纳埃尔从来没听到过她谴责施刑者野蛮,或者狱卒残忍,也没有听到她责备医院里在穷人身上做实验的医生。人世就是如此。如果他称赞她敢于面对任何伤口,她总是坦然地回答:上帝把她造成这种样子。德·艾利夫人则不然,有一次陪她去监狱,到了院子就要晕倒:不是每个人都有能正视那类景象的气质。她这样讲着,却丝毫没有发觉她使同桌吃饭的人震悚,依然平静地吃着,用指尖捡起掉在砧板上的碎渣。她坚持让纳塔纳埃尔喝糖浆治咳嗽。

宜人的季节来到了,她去办事期间,就把纳塔纳埃尔安置在花园里。可是,等她大步流星一走远,这个养病的人就想帮人干点儿事,试试自己的体力。他喜欢把手插进松软的土里,又是栽花又是锄草,离开迷岛之后从来没有这样干过。有这样一个白帮忙的助手,园丁当然求之不得。有一天下雨,纳塔纳埃尔躲进车库,擦拭两辆雪橇,擦完要用皮带吊到棚梁上,留待下次降雪时使用。范·赫尔佐格先生的雪橇很平常,只涂了一道金线;德·艾利夫人的要小些,镶有银白色的铁皮和一个天鹅头。可是,年轻人受不了油漆味,咳嗽加重。用锹镐顶着太阳干活,园丁哈哈笑着说这对身体有好处,可他很快就汗流浃背,气喘吁吁。这情景德·艾利夫人大概瞧见了,并在克拉拉报事时对她讲了。

一天早上，纳塔纳埃尔在千金榆树下，年轻的寡妇走过来，神态有些尴尬地对他说：

"您大概听说了，我父亲的贴身仆人在酒馆酗酒胡闹，我们不得不把他辞退。范·赫尔佐格先生需要一个像您这样的年轻人，又机灵又正经，还受过一些教育。至于工钱，克拉拉太太会告诉您。我们并不强求您穿号衣。"

他想说穿不穿号衣他不在乎，可是显而易见，德·艾利夫人做了极大的让步，他只好向她表示感谢。

直到那时，他跟府上的仆人还不熟悉，只认得园丁和马夫，二人的老婆是洗衣工。不久他便同厨娘混熟了；厨娘是位金黄头发的胖妇人，她满碗分菜，满杯分啤酒，还把"上面的人"的剩菜当成美食分发。他还结交了这个强壮女人的丈夫；此人骨瘦如柴，是个愚仆，正走在仆人到总管的半路上。此外，他同擦地板仆人和帮厨使女交上了朋友；这些人地位很低，等所有人离开餐桌才能吃饭。他还同跑腿的小厮、洗衣妇交上了朋友；洗衣妇下午晾东西，常叫他帮着把正杆子，从凳子上扶着他下来的时候，未免同他贴得太近了。他甚至和德·艾利夫人的贴身女仆套近乎，而这个女人假装正经，不肯同仆役合流，总是用托盘在女主人的过厅吃饭。不久他就了解到,等范·赫尔佐格和他女儿进入梦乡的时候,那个仆人－总管就拼命喝酒,直到深夜;那个卖弄风情的洗衣妇在莫顿她的村子有个私生子;那个粗活丫头把厨房里剩下的东西悄悄给她的男朋友,一个磨刀匠;德·艾利夫人的贴身女仆参加了孟诺教派的秘密小会,她有时在楼下的一个房间接待两三个装蒜的黑袍教士,钱也就被教士骗走了。在这个金字塔的顶端,则是范·赫尔佐格和德·艾利夫人。这位老先生面目清癯,体如蒲柳,弱不禁风,早早脱离公职,终日与书籍和物理仪器做伴;而德·艾利夫人衣着朴素,不失寡妇之道。

　　纳塔纳埃尔十分惊异,这些人一个月前他还一无所知,现在在他的生活中却占极重要的位置,直到离开他的生活圈子的那天为止,就像他在格林威治的家庭和邻居、船上的伙伴、迷岛的居民、埃利的雇员、犹太街的那几个女人。为什么是他们这些人而不是另外一些呢?这一切现象,就好比人走在一条不知通向何方的路上,陆续遇见一帮帮旅客,瞬间又擦肩而过,他们也同样不知道自己的目的。有些人正相反,陪你一小段路程,到下一处弯路又无缘无故地消失了,像幽灵一样化为乌有。实在不明白为什么这些人牵缠你的思想,

158

占据你的想象,有时甚至搅乱你的方寸,而后才亮出本相:幽灵。他们呢,可能跟你的想法一样,假如他们有思考能力的话。这一切全是幻景与梦境。

有生以来,他第一次生活在富人家里。埃利不过是个小市民,有几个锡碟和两三个银杯就沾沾自喜了;那几件东西还全塞在钱箱里。这里主人的钱箱分散在十二三家银行或企业中。范·赫尔佐格先生吃饭用的广州瓷器表明,他父亲曾是最早往中国派商队的人之一,那种航行风险极大,事先就得把三分之一的船只装备打在损益账内。家庭早年的发迹,使前市长生来就坐享富贵荣华;至于获得财富的过程中不可避免的人死非命、巧取豪夺,那是前辈人的事,他概不负责;他和他女儿的奢华生活具有一种古色古香的味道。

在迷岛度过两年之后重睹伦敦,又发现阿姆斯特丹,纳塔纳埃尔对大城市的安逸十分惊异,就连最穷困的人,也用不着从地里水中攫取生活必需品。

开荒,耕地,播种,栽植和收获;把树干剖成方木盖房,或者打柴取暖;剪羊毛,梳理,纺线,再编织;宰牲口,熏制或晾晒新打来的鱼;磨麦揉面,烧饭酿酒,这些活儿,迷岛上的每个居民几乎样样都得干,这是他和他全家生活的来源。而这里呢,啤酒在酒馆里,面包在面包铺里:面包一烤好,面包师傅就吹号角;肉铺的钩子上挂着动物尸体,随时可以割肉烧菜;裁缝用已经织好的布料裁衣服,鞋匠用已经制好的皮革做鞋。然而,要想在星期六傍晚得到工钱,同样得经过一番劳苦:每日的面包以铜钱的形式,偶尔也以银币的形式出现,用钱换取生活用品。那些半富人总是牵挂租金利息的期限;对埃利来说,一笔钱没收回来,就等于一季庄稼歉收。无保障的局面不过改变了方式。原先显然靠天吃饭,受制于雷、风暴、干旱或霜冻,现在只发觉间接的奴役,受制于税吏、征什一税的牧师、高利贷者、老板和产业主。每个人,即使是最穷的人,每天不知要伸多少次手,交出或者收下一个铜板,好买进或卖出什么东西。人与人之间的所有接触,这是最普遍的,不管怎么说也是最明显的。从前给埃利干活的时候,纳塔纳埃尔不得不在星期天去听讲道,他就经常料到会听人说:"主啊,我们每日的钱,今天给我们吧。"

不过,在这个富人家,钱仿佛自动地更新与繁殖;甚至听不见容易泄密的叮当声。它化为镶在高大壁炉上的大理石;它在彩陶炉里呼呼作响;此处的镶木地板、瓷砖、走路无声的地毯,都是它的化身。它润滑着家庭机器,这架机器便负担起一天的杂活和小烦恼,先给范·赫尔佐格先生,次给德·艾利夫人送去摆满精美食品的餐盘、盥洗用的热水,早晚取走脏水和便桶。它在花丛中又化为芳香,夜晚化为闪闪发光的吊灯、插满白蜡烛的烛台。它不仅化为舒适,还化为娱乐:有了它,范·赫尔佐格先生才能潜心学习,德·艾利夫人才能在蓝客厅弹羽管键琴。

然而,纳塔纳埃尔却常常觉得,这个男人和这个女人倒像囚犯,他们的仆役倒像狱卒,仆役若是一哄而散,他俩就会同梯姆和米纳一样无依无靠。他们虽然是好主人,却得不到下人的爱戴。范·赫尔佐格先生一指责花坛管理不善,就被人当成爱唠叨的老家伙;聚拢在他周围的那些学者,都被视为村塾学究,应该让年轻仆人不客气地赶出去。他的女婿,德·艾利先生,十年前因决斗丧命,那是寻花问柳之徒,一言以蔽之,是个法国人。除了纳塔纳埃尔,谁也没有发觉德·艾利夫人挺美。有人编造说她有外遇,其实那同她严肃而温和的面孔是不相符的。那个仆人-总管在哈腰上菜时,看见过她朴素的低领上衣里的小乳房,他描述起上边的一颗美人痣来真是滔滔不绝,陪夫人出门的女仆总是撇撇嘴,就好像拿到了什么把柄似的。纳塔纳埃尔有点儿抱不平,想为受到如此放肆对待的年轻寡妇辩护;可是,别人会指责他是她的情人,或者想当她的情人。这类不堪入耳的闲话实在没趣儿,跟打嗝放屁一样。

自从给范·赫尔佐格先生当贴身仆人,纳塔纳埃尔对这个老古板感到亲热了,无疑比他从前对自己的父亲还要亲近;记得童年时,他从父亲那里得到的不是一记耳光,就是两便士买麦芽糖的钱。范·赫尔佐格先生则不然,他无论让年轻人收拾床铺,拿小便桶,还是登梯子上最高的书架取本书,总是说声谢谢,就好像对他平等相待。有时碰到字体太小,他眼睛看不清的书,就让纳塔纳埃尔念一页。在年轻仆人的印象中,这老人的头脑宛如摆设布置得十分整齐的房间,里边没有一件脏的或者难看的东西,也没有会破坏整个和谐匀称的稀奇独特之物。有时,范·赫尔佐格先生抬起眼皮微红的淡灰色眼睛看他,纳塔纳埃尔心里不免想道,这个阅历甚广的主人在自己井然有序的记忆深处,准有一个壁橱,里边堆着不能讲出来的极其珍贵或者极其可怕的事情;不过,这也难说,秘密壁橱兴许是空的。

前市长时常接待几个老相识,他们同他一样,都欢喜当时的科学或机械问题,一进门从兜里不是掏出一份显微镜设计方案、几个装满化学合剂的小瓶,就是掏出一只摘除内脏的青蛙;可是,纳塔纳埃尔常常觉得这些学术研究,同格林威治的顽童所做的实验与游戏没多大差别。他们的示范有时在独脚圆桌上留下酸迹,还得纳塔纳埃尔费劲用漆涂掉。

一等到了解了纳塔纳埃尔的经历,至少了解了一些片段,范·赫尔佐格先生就高兴地把他介绍给自己的学者朋友,说小伙子跑遍美洲,在安的列斯群岛上停留过。年轻人的旅行引起他们的好奇心。纳塔纳埃尔却提醒他们,他经过的海岸,只是新近发现的一小部分,岛屿有成百上千,他也只到过几个,可无论怎样讲也是徒然,人们要虚构的欲望占了上风。通过这些先生的饶舌(经常出入酒馆的),或者他们仆人的闲磨牙(如果他们有仆人的话),纳塔纳埃尔在酒馆又听到他本人的叙述:他的话每次重新浮到表面都难以辨认,仿佛肿胀了。有人说他在迈斯恰色布河①上,在墨西哥湾远距离航行,而那些地方,他甚至在梦中也从来没有见过。在范·赫尔佐格先生府中的小型聚会上,有的

---

① 密西西比河的旧称。

客人神秘地走到他面前,向他提起黄金之城诺兰贝卡,此城同秘鲁已成废墟的城市一样富有,据说在北方的云雾和橡树森林中,离他上岸的荒山岛不远。有的猎人甚至画了图形。他想让他们相信,诺兰贝卡不过是骗人的东西,那些森林除了金色的秋天,没有别的黄金,可是白费唇舌。别人以为他是个滑头,冲他嘿嘿冷笑。

有一天晚上,纳塔纳埃尔想起旧事,心中惨淡,在范·赫尔佐格先生面前提起他与弗依近乎正式的婚姻;很快就有人推断他同一位印第安公主结了婚,还有人说远在天边的阿布纳基,即"黎明部落"(他曾向他们逐字翻译了这个词),属于新开发地区;他承认常去看几个氏族,阿布纳基人曾经把他生俘,多亏他可爱的妻子苦苦哀求,才没有把他吃掉。有关那些男女野人生殖器官的个头儿或宽度,他们性交的姿势,这些学者兴趣极大,问得十分详细。纳塔纳埃尔倒觉得同这里差不多。

比起这些晚间的常客来,范·赫尔佐格先生的好奇心没有如此强烈,也没有如此天真。不过,这位精确科学的爱好者完全同他们一样,明显地缺乏注意力:不管是什么原因,只要谈话吸引不住他,他就听不见了,

164

利夫人本人也弹羽管键琴。在这种日子里,纳塔纳埃尔身穿号衣,把客人引进来;客人走在地毯上,简直就像滑行一般;音乐开始之前,就迫使人肃静。

年轻的仆人在配膳室侧耳细听,尽可能减轻银餐具的叮当声。倏忽间,此物出现了,仿佛一个只闻声音不见形体的幽灵。在此之前,纳塔纳埃尔熟悉的曲调,无不与歌喉联结在一起;雅奈略微刺耳的声音,弗依有点沙哑的声音,萨拉依搅动心肠的沉郁动听的声音,或者船上伙伴震耳欲聋的歌声,这种往往有吉他伴奏的喧闹,使你在食品储存舱里心中感到温暖,并且使你不顾剧烈的颠簸,渴望抓住同伴跳舞。在教堂里,它经常被管风琴送上另一个世界,可是,人们刚踏入彼界就得出来,因为信徒们不协调的声音,就像以同样数目的破碎的阶梯,把你拉回大地。然而在这里却是另一码事。

纯音(纳塔纳埃尔现在以为自己更喜欢的,可以说是未经人的喉咙体现的音)渐起,缭绕上升,宛若火苗一般起舞,却又美妙而清新。它们像情人一样搂抱亲吻,不过,这种比喻还是太肉感。可以想象成群蛇,如果蛇不是可怖之物;可以想象成铁线莲或牵牛花,如果它们的细蔓不显得脆弱的话。然而,这些音的确脆弱,关门不小心啪的一声响,就足以把它们震碎。小提

167

琴和大提琴之间、古提琴和羽管键琴之间的问答越是循环往复,越是像金珠顺大理石楼梯一级级滚落,或者像喷泉的水柱飘洒在花园的存水盘里,范·赫尔佐格先生对他说过他曾在意大利或法国见过。人达到从未有过的完美境界;然而,这种无与伦比的恬静却又波澜起伏,瞬息万变;同样的奇异的结合又重新组成;人的心激烈跳动,盼着它们回来,就好像是一种等待已久的快乐。每种变化都宛如一种爱抚,把你从一种乐趣引到另外一种难以觉察的不同乐趣。音度增强减弱,或者完全改变,就像天空色彩的变幻。这种幸福在时间中流逝的事实本身就使人相信,人感受的也不是纯粹的、位于据说是上帝居所的另一种洞天的完美,而仅仅是一系列的听觉幻景,犹如在别种情况下的视觉幻景。接着,有人一声咳嗽,就打破了这种无边的宁静,这足以提醒你,奇迹也只能在力戒声响的特殊地方产生。在外面,车辆咯吱咯吱地响个不停;一头挨打的驴嗷嗷直叫;在屠宰场的牲口也都在哀鸣或捅气儿;喂养照料不够的孩子在摇篮里呼号。到处都有垂危的人,他们像从前那个混血种人一样,临终时沾血的嘴唇上留着咒骂。在医院的大理石手术台上,病人在号叫。在千里之外,在东方或者西方,也许正兵戈扰攘。这种痛苦

168

的巨大轰鸣,万一整个侵入我们的肌体,就会使我们毙命,而它竟然与这细细一缕快乐共存,这未免令人气愤。

在演奏间歇的时候,纳塔纳埃尔悄悄地走动,端上咖啡或冰镇糖浆饮料。德·艾利夫人坐在键盘前,她回身拿一杯咖啡或一份糖浆,双膝也在波纹闪光的塔夫绸美丽褶裙下随之移动。人们立刻又重新开始谈话,谈话声中时而冒出妇女的尖音。大家纷纷赞扬演奏者,称颂的话也都是意料之中的;然后,谈话很快降到街谈巷议的水平:哪个制女帽女工的手艺高,健康上有什么担心,或者以扇掩口,跟情人说悄悄话。别看他们告辞时嘴上还提意大利的一段曲名,他们听完这些美妙之音,却毫无碍难地继之以私语窃笑、招呼车夫或打灯人的叫声。

更为恶劣的是,每次奏鸣曲或四重奏一结束,立刻爆发掌声,接续之快,就好像这些人单等此刻好轮到机会喧闹。如和解一般轻柔的结尾和音,突然接上暴动般骇人的鼓噪,而这种鼓噪却使演奏者的脸上绽开笑容,使他们踌躇满志地弯腰答谢。等到竖琴放回套子里,小提琴装进匣子由主人带走,客去室空,夫人独自一人,若有所思地走到一面镜子前,撩起一个发卷,理理胸巾；她在盖上羽管键琴之前，有时用一根指头随意点一个琴键。这唯一的音落下，如珍珠，如泣诉，那么饱满、洒脱、纯朴、自然，犹如孤零零的一滴水落下的声响，比任何音都美。

纳塔纳埃尔也是在大户的府上掸灰的时候，才平生第一次有机会欣赏绘画。他童年看过母亲《圣经》上的版画，知道与看得见的甚至看不见的事物或多或少相似的图像可以印在纸上：他记得最清楚的是三角中的一只眼睛。后来，他欣赏到埃利书中的铜版画，从而了解了寓言人物。不过，范·赫尔佐格先生更胜一筹，他有十二幅画，大小不一，全镶在乌木或涂金的木框里，上面涂的颜料处处让人看到画家的笔迹。这些画很值钱，因而让纳塔纳埃尔照管，有一天他看了个仔细。

前市长的书房里挂着两幅画：阿姆斯特丹港口泊船图。他父母穿旧时装的肖像装饰他的凹室。据说，在德·艾利夫人的蓝卧室里（纳塔纳埃尔从未进去过，由夫人贴身女仆每天早晨收拾），有人看见一小幅令女仆们特别气愤的画。纳塔纳埃尔从他了解的有关奥维德的知识，猜出那是一幅《狄安娜洗浴图》。夫人还有她亡夫的肖像细密画,那是蓄着一撮山羊美胡的英俊骑士。

客厅里,对面挂着两面大幅画,是先生年轻时在罗马买的。有一幅是《朱迪斯》,纳塔纳埃尔一眼就认出来,后来听说那是一幅光线明显对比的杰作,即浓厚的夜色射进一点光线。一个裸露着丰满乳房、轻纱半遮腹部的女人,手里提着一颗人头。艺术家肯定着意对比了这颗血淋淋人头的灰白色和这个胸脯的淡黄色。无头的躯体横在床上,也是全身光着,只被床单的皱褶遮住一点儿;床单和压皱的褥单,则产生另外一种白色的效果。画家作画时,一定是退后一步更好地观察过明暗的对比。一个小黑女奴正往女主人脖颈上搭一条黑披肩。角落里半截残烛照亮一把滴血的短剑。窗洞透进来一缕晨曦。另外一幅画正相反,完全是白天的景色,只见在周围有圆柱的广场上站着一个漂亮的年轻人,他几乎裸体,但头戴桂冠,正泪流满面地离开一个昏厥的年轻女子。范·赫尔佐格先生倒肯降尊纡贵,向他的仆人讲解罗马史,据他说这是《贝蕾尼丝和提图斯》。纳塔纳埃尔读过一点儿有关的书,知道提图斯又矮又胖,贝蕾尼丝是个年已五旬的风月老手,根本不像这个昏过去的温柔女子。他心里不禁怀疑,一个渴望娶王后的新贵和一个梦想登基称帝的王后,能像范·赫尔佐格先生虔诚断言的那样,成为纯洁爱情口碑载道的表率吗?他更怀疑缠头巾戴帽子的闲人会观看他俩离别的场面。

毫无疑问,历史绝不能原样照搬到金框画布上。不过他觉得,虚假的举动正符合虚假的感情。

最奇特的事情,要算主人和客人在这些画前的表现。说实在话,几乎没人看画;可是,前市长常常指着画讲述他的旅行,或者提醒客人说,他是从一个什么阿尔多布朗迪尼亲王手中花大价钱买来的,这就更显得这些画珍贵。看到朱迪斯撩人的乳房,他和他的朋友们谁也没有难堪之色,也好像并不动心,而德·艾利夫人穿的上衣领子,若是比时装规定的开得低些,那准会闹得满城风雨。这个躺在凌乱的床上的淫猥躯体,这颗血淋淋的人头——微张的嘴一定刚刚离开这个迷人的胸脯,假如真的活生生摆在面前,这些人,尤其是做过行政长官的范·赫尔佐格先生,定会厌恶得龇牙咧嘴。《旧约》《新约》掩盖了不少事情。至于贝蕾尼丝和提图斯,范·赫尔佐格先生尽管言谈举止极为审慎,也肯定会认为,死去活来的情人当众恋恋不舍地诀别,这种事发生在舞台之外是不成体统的。

诚然,对于鉴赏家来说,重要的不是题材,而是画家的才能,纳塔纳埃尔不得不老老实实地在心里承认这一点。他聆听法兰西大使的高论时,就是这样理解的。这位大使正是派人捣毁克吕伊特印刷所的那个老爷,他吹嘘精通艺术,不住地赞叹《朱迪斯》的斜线图形,以及《提图斯》人物和圆柱之间微妙的比例。然而,纳塔纳埃尔却觉得,画匠挥动刷子画笔,砸颜料,上油彩,紧张地干活,自有他卑微的任务,而这种煞有介事的颂扬并没有考虑这些。对于这些实干的人来说,如同对其他所有人一样,大概总有意料不到的行程,蠢事变美事的情况。有钱的鉴赏家不是把一切简单化,就是把一切复杂化。

　　一天早上,范·赫尔佐格先生出其不意地(他常如此)对纳塔纳埃尔说:

　　"有个列奥·贝尔蒙特先生,住在费尔布朗蒂埃街,您听说过吗?"

　　"我在一家印刷所干活的时候,去他家送过校样。"

　　"当跑腿伙计吗?"

　　"当校对。"纳塔纳埃尔谦虚地答道。

"这么说,您是最先读到珍贵的《绪论》的人啦?"

"不敢,先生。我的任务只限于修改一些差错,给可能因为遗漏而不清楚的句子添词或加点。不过,贝尔蒙特先生并不重视我的异议。"

"因而您同那个伟大的人讨论啦?"

"工夫不大,在他的房门口谈的。"纳塔纳埃尔说着,脸突然红了,使范·赫尔佐格先生莫名其妙。提到去拜访列奥·贝尔蒙特,他倒想起那天,他着急去犹太街看萨拉依,结果碰见她同一个骑兵调情。

"这是特殊的优待。"范·赫尔佐格先生干脆地说。

他把僵硬的身子朝前探探,又说:

"在印刷所里,有人提到承担印书费用的人吗?无人不知贝尔蒙特很穷,哪个书商也不肯拿出一文钱,冒险印一部如此高深的著作。"

"老板含混地提起过一位有钱的爱好者。"

"就是我呀,就是在您对面说话的我呀。"前市长得意地说,不过声音压得更低,"这事可别传出去哟。"

"那为什么要告诉我呢?"纳塔纳埃尔心中暗想。不过他知道,任何秘密积在心头,时间久了都是负担。

"有时我还不免后悔。"先生继续说道,"当然,《绪

174

论》给列奥·贝尔蒙特带来极大的荣誉。据说,有人从英国、德国给他写信,甚至是在中国的一个耶稣会士……可是还有另外一面,由于这次同以色列的子孙观点一致,他被教友开除出教,被我们的牧师赶下讲台。同许许多多伟大的人一样,天才给他带来了厄运。"

主人显然没有期望任何回答,纳塔纳埃尔预料有事情要吩咐。

"杰出的《绪论》,顾名思义,不过是另外一部书的序言。那部书我也有责任公之于世,贝尔蒙特所受的迫害必然还要加重。不过,您会觉察出来,一部颠覆性的书由我资助出版,这事保住秘密对我至关重要。贝尔蒙特答应我犹太复活节那天完稿。日期已经过了。您到哲学家那儿去,以我的名义向他要那部作品。"

"他若是信得过我……"仆人不揣冒昧地说。

"这是我签字的一张便条,是索取许诺的稿子的,但没有写抬头。"

纳塔纳埃尔把便条放进小口袋里,起身走了。

"您尽量估计一下他的身体状况。"范·赫尔佐格先生又说道,"听说他病倒了。"

适值夏季,天气晴朗,纳塔纳埃尔很高兴能出趟远门。他避开犹太区,沿基督教区走到费尔布朗蒂埃街。说实在话,这一侧沿途街道狭窄,肮脏不堪,可是至少他不会碰见拉扎尔在玩陀螺。

这座楼房后边靠着一条运河,碰上这种热天水里就泛味;楼前有个小花园,是女房东乘凉的地方。对,列奥·贝尔蒙特就住在此地。往右一拐,阁楼上就是。这个房客的门始终敞着。

纳塔纳埃尔上楼有点儿喘不上来气。肮脏的墙壁涂满了淫秽的字画。有人在楼道墙上画了个大卫星,另外一个人无疑喜欢唱对台戏,画了个带耶稣的粗糙的十字架。这一定是居住在这座楼房里的一个天主教徒画的。在贝尔蒙特的房门上,有人用白粉笔涂写了一句《圣经》驱邪语,字写得更为笨拙,还有书法错误。显然,贝尔蒙特不屑于擦掉。涂写的人大概是加尔文信徒,在教堂里有座位和圣歌本,楼道墙壁上的图画也可能有他的份儿。

门敞着一条缝,纳塔纳埃尔推开。从黑洞洞的阴凉的楼道猛一进屋,只觉得满室阳光十分火热。里边的气味同运河的一样,也许还混有女房东没有倒掉的一只桶的臭味。到处是嗡嗡的苍蝇。一个男人和衣半躺在床上，后背靠着一摞灰色的枕头，他的脸浮肿，须发特别长，眼睛闭着，大声问道：

"谁呀？"

"范·赫尔佐格先生派来送信的人。"

"原来是个送信的呀。"病人仿佛失望地说道。

他睁开眼睛，炯炯的目光宛如火舌，能够洞彻事物。纳塔纳埃尔把便条递给他。

"我的眼镜在桌子上的什么地方。这种屈辱……要想看清楚一点儿白纸上的黑字，就不得不在鼻子上架个物件……"

他看完便条，随手丢在床上。

"考虑考虑再说吧。"他说道。接着，他又断然地说：

"我认出您来了。在一个冬天的傍晚，同我在这门口谈话的小伙子就是您。"

纳塔纳埃尔朝放在褥单上的便条瞟了一眼，只见签字后边有句笔迹潦草的附言。主人特意提醒多疑的病人，埃利的校对员曾经来过一次。年轻人觉得，他装作一眼便认出自己，实在是一种欺骗。也可能病人要把他见人不忘的记忆炫耀到底。纳塔纳埃尔的面孔挺有特色，见过的人容易回忆起来，不过他本人从来没有意识到这一点。

"上帝,或者神,或者神灵,或者虚无创造了动物和植物。"①病人声音放低一点儿说道,"您曾经批评这句话。"

"头三个词,我看是重复的废话,第四个词又是矛盾的。"纳塔纳埃尔说道,"不过,我不是个大学者。"

"您同其他人一样,在学校只听说有一个上帝,后来也就理所当然地忘记了。若是神或者神灵,也许在记忆中留的时间会更长些。至于虚无……"

他从脸上赶走一只缠人的苍蝇。

"您不笨,因此您的相貌留在我的脑海里。"他这样讲,仿佛要圆谎似的,"这么说,您看过《绪论》喽?"

"看不大明白,而且过了三年了。"

"三年!"病人叹道,"世人使用自己的时间和精力,就好像那可以同永恒相比似的。某公偶尔看了您的著作,会来对您说,过了三年他全忘记了。名望的失败……"

他又讲了一句更加粗鲁的话。

"不过,我还保留一种印象。"这个从前的校对员

---

① 原文为拉丁语。

说,他为了满足对方,要尽量超越萨拉依和她蓄胡子的情人、医院和死于该死的腿的那个男人、克拉拉太太和府邸的种种小罪过还有小快乐,一直追溯到他最后看的那份宏论的书稿。"对,"他继续说,"我还保留一种印象,那好比一块边缘锋利的晶莹的冰,被我偶然抓在手中。"

"美妙的比喻,对一个几乎毫无学识的人来说真难得。"躺在床上的人说道,"不过我知道您的头脑何以豁然一亮。我已经好几次听见您咳嗽。看来您同我一样,大约再过两年就要死掉。"

纳塔纳埃尔满不在乎地点了点头。

"这倒不是预言,"对方略带嘲笑的神气说,"而是确认一种事实。劳驾,把台上那个罐子递给我,里边还有半罐啤酒。大夫禁止我喝酒,不过,有了愿望总该尽量满足。"

"这酒热乎乎的。"纳塔纳埃尔摸摸罐子,说道。

"我可以将就。"

纳塔纳埃尔把杯中的一点儿剩水倒在地板上,斟满热乎乎的饮料,他想到尿,不禁做了个怪相。可是,这人像饮琼浆玉液一样。纳塔纳埃尔怕他上不来气,便把他从枕头上托起来。

179

"您喝点儿吗?"哲学家摇了摇下巴,说道;纳塔纳埃尔摇头谢绝。"谢谢。"贝尔蒙特把杯子给他,又说道,"赫里特·范·赫尔佐格一定想不到,我会以平等身份待您。其实,我没有平等。这个感情的吝啬鬼没有亲自来,也难怪,我们有三十年无话可谈了。那些颂扬我或者驳斥我的学者洋洋洒洒,写的文章比我的书还厚,他们竞相打击我。就像动弹不得的病人还要竭力扒拉看护一样,我喜欢同我看来聪明的一个小伙子谈论我自以为完成的东西。您当时认为我的作品不错……"

　　"我说不准当时就认为不错。"年轻人尴尬地说,"我当时想,我现在以为……"

　　"我没有任何看法了,甚至有可能我觉得不好。"

　　"看来先生借助比事物还要精微、还要有力的词,成功地把事物连接并结合起来;我说事物,也指物体、人的观念。当先生觉得词不够用的时候,他就用数学、字母和符号,就像使用钢丝……"

　　"这就是人们所说的逻辑和代数。"哲学家得意地微微一笑,说道,"不管运用到什么概念或材料上,方程式完全清楚,始终正确。"

　　"恕我冒昧,先生,我觉得事物这样系缚起来,必然会原地枯死,脱离这些象征和这些词,就像肉脱落一样……"

他想到在牙买加看见的一群黑人囚犯,他们锁链里的肉已经有五分腐烂了。对方听了做了个怪相。

"这次,比喻可丑陋了。不过,您没有讲错,年轻人。(您给我最喜爱的一个观点提供了论据:我始终相信,在头脑简单的人和智者之间,唯一的隔阂就是词汇。)对,有的事物和思想就像逐渐消瘦的躯体……"

他皱起眉头凝视他这双青筋暴露的手。

"……然而,它们之间的关系并没有改变。新的肉和新概念代替烂掉的……自从有人类以来,为了给混乱的世界以至少表面的秩序,思想所通过的这些难以胜数的直线,这些成千累万、多如牛毛的曲线……这些意志,这些能力,这些肉体越来越减少的生存等级,这些越来越恒久的时间,这些流溢,这些由一个意识波及另外一个意识的冲动,如果不是不知所云的人笼统称之为的天意,那又是什么呢?上界,或下界,总而言之,彼界(我用不着您对我讲上、下、彼都是空泛的言辞),像一张网一样,抛在禁锢我们的这个异常狭小的世界……犹太教学校向我们讲授的那些生命之树上的质点……我帮了那些迂拙的人的忙,把他们陈腐的概

181

念译成演绎的语言和数字的语言。他们焚烧发出臭味的蜡烛败坏我的名誉，以表示对我的谢意。"

"我呀，"纳塔纳埃尔情不自禁地开了口，这种情况他一生中有过四五次，那是同好引诗句或谈论枕席之欢的简·德·维尔德在一起的时候，"我记得当时是这样想的，我在您的《绪论》中行走，就像走在吊桥上，或者走在梯子一样的跳板上……而且高得令人眩晕。地面离得非常远，都看不见了。走在这种便桥上实在受罪，一踩一颤悠还不算，它们只有冷飕飕、光秃秃的顶端才能相接……"

"将这些顶端连接起来，您不认为有好处吗？这种思辨的三角法（您懂这些词吗？）没有向您表明任何有价值的……"

"可能……但是也难说，这些顶端恐怕不是别的，仅仅是大海上见到的一层层相叠的乌云。或者看似岛屿，其实不过是一片片的雾障。"

"嘿！您若是炫耀当过海员，见过迷岛……"

这下子，纳塔纳埃尔觉出对方有点儿巫师的味道。范·赫尔佐格先生在简短的附言中，肯定不能叙述他仆人的整个经历，年轻人也不记得在府上的客人面前提过迷岛这个名字。

"在所有这些方面,我同您的想法一样。"哲学家出人意料地说,"定理的便桥、三段论的吊桥不通任何地方,达到的也许是虚无。不过这很美。"

纳塔纳埃尔想到德·艾利夫人吩咐演奏的四重奏。那也很美,而且同演奏者身外继续的人世喧声毫不相关。

"哦,"贝尔蒙特又说道,他喝了啤酒,嗓子似乎不那么沙哑了,"这就是为何拖延了。赫里特·范·赫尔佐格有点儿嗔怪,可是这原因即使耐心跟他讲了,他也不会理解。在这些人看来,我承认了宇宙,在那些人看来,我证明了上帝的存在,或者正相反,证明了上帝的有名无实(对这些糊涂虫没什么好讲的,全打发开了事),最后,我的屁股又坐到光秃秃的大地上,头顶上悬着我无懈可击的三段论和不容置疑的论证,然而悬得太高,我不可能腰眼儿一使劲就靠上去。逻辑和代数完成它们的杰作之后,我就只能抓一把土放在手心里了;而这大地,自从生下来我就在上边匍匐……它构成了我……也构成了您。它的最微小的颗粒也比我的全部公式复杂。我本想求助于生理学、化学,求助于物体内部的所有科学。然而,在生理学中如同在我们躯体内一样,我发现了种种谜团和隐蔽的矛盾,对此生理学也极少论述……看了化学，我又回到概括和数字上来。假如什么地方存在一个轴心，犹如夺彩竿，顺竿可以爬向那些人所说的上面……然而，除了脊柱，我一无所见，而且众所周知，脊柱也是弧形的……或者找到一个洞也好，可以顺着下到我也说不清的神奇的对跖点……这个轴或者这个洞还得位于中心，就是个中心……既然世界（或上帝）是个处处可为中心的球体，如同那些机灵人断言的那样（尽管我根本不理解为什么它就不能是不规则的多面体），只要挖任何地方都能通向上帝，就像在海边挖沙子就引来水一样……用手指、牙齿、嘴、脸挖这个深洞，即上帝……（或者虚无，或者自我。）因为，秘密的情况是，我正在我自身中挖掘，既然此刻我是中心：我的咳嗽，这个在我胸口上下窜动并窒息我的泥水球、我的内脏的排泄，我们处于中心……在我体内滚动的这带血的痰，折磨我的这副肠子，而别人的肠子永远不会折磨我，虽然两者都是同样的肉，都是同样的虚无，同样的一切……这种畏死的念头，就在我连脚趾尖都感到生命在激烈跳动的时候……就在从窗口进来一股新鲜空气便能使我欢欣的时候……这摞纸给我。"他指着台子上的一沓纸，向纳塔纳埃尔吩咐道。

纳塔纳埃尔过去拿来。这摞纸大小不一,颜色也不同,不少都发黑了,卷了边,就像故意放在火上烤过似的,每页都写满了四处勾连的潦草小字,有些地方墨迹发黄了。稿子好歹用细绳捆住。

"瞧这些涂改的杠子,上边也有,划掉的句子又重新添上。赫里特·范·赫尔佐格觉得奇怪,等我这第二卷等了三年……这三年他干什么了?签合同,使他的不义之财五倍、十倍地增加吗?他要沽名钓誉,借给我的出版商三千盾,而我的出版商得把我收益的四分之一给他……那些人赞扬我沉着冷静,论证确凿,令我的对手们暴跳如雷;他们看到我使用的工具,认为他们自己也有,必要时能学会像我一样熟练地使用,于是放下心来……殊不知我能下到多么黑暗的火山口里……啊!《绪论》……使《公理》和《跋》在它下面迸发出来……秩序下的混乱,然后混乱下的秩序,然后……我将是唯一整理过这一切的人……"

"范·赫尔佐格先生收到这些稿子将非常感谢。"纳塔纳埃尔说道。

病人猛然伸出双手。

"你没看见还缺标题吗?……有几页我还要复阅。今天是星期二吧?你回去对他说,我叫你下星

185

二再来。"

纳塔纳埃尔把稿子搁在床上。贝尔蒙特用手绢捂住嘴,年轻人看见手绢染上血沫子,不禁担心:

"先生用我多待一会儿吗?"

"不用。"贝尔蒙特说,"没什么。别忘记把门留条缝儿。大夫要来了。"

纳塔纳埃尔下楼,楼梯很昏暗,走到下面一层的楼道时,他听见有个男人快步上楼,立刻靠在墙上,让来人过去。那人穿身黑衣裳,领子和袖口是白色的,昏暗中看不清面孔,不过,他有力的动作表明他还是个年轻人。他拎着一个小包,错身时碰了纳塔纳埃尔一下,咕噜一声表示歉意。"准是这个区的大夫。"仆人想道。

回到范·赫尔佐格先生府上,纳塔纳埃尔向他禀报了所见所闻,但是没有逐点向他叙述贝尔蒙特先生的话。况且,要想讲全,纳塔纳埃尔也办不到。那一阵话语的急流当场把他冲倒,现在仿佛又回到地下了。再说,他心里直嘀咕,贝尔蒙特恐怕纯粹是自言自语。

"他能活到星期二吗?"

"他还挺结实。"年轻人含混地答道。

的确,他很难想象贝尔蒙特会死,而且他有种隐隐的念头,希望这个病人长生不老。

"甚至在我们年轻的时候,我就知道他一贯谨慎……"赫里特·范·赫尔佐格回忆道,"他肯定会向女房东交代,万一他死了,就把他的稿子交给我……不过,星期二早晨千万到他那儿去,不管有没有标题,您都要把作品拿来。"

然而,下星期二,八月十六日,正是德·艾利夫人举行室内音乐会的日子。每逢这种时候,纳塔纳埃尔都要穿上号衣,负责招待,这已经成为一种默契。范·赫尔佐格先生只好让他次日早点儿去费尔布朗蒂埃街。

星期三比上星期二潮湿闷热,天空也不那么晴朗。纳塔纳埃尔沿着犹太区朝市中心走去,不过尽量绕开一切可能碰见卢芭母女的地点,他不胜溽暑,脚步慢得多。费尔布朗蒂埃街位于犹太区和基督教区的交接口,如同被一些人唾弃又遭另一些人非难的哲学家的命运。小花园的木栅门大敞四开。胖胖的女房东摇一块抹布扇风。纳塔纳埃尔这次没有同她打招呼,径直爬上阁楼。

出乎他的意料,房门锁着,不过只有一道卡锁,屋里空空如也,不仅躺在床上的人不见了,连家具也无影无踪。玻璃窗、墙壁、地板很洁净,仿佛经过大扫除,不过,扫在一起的尘土垃圾却随便堆在墙角。破旧的方砖地上,有床脚磨的四个坑。

纳塔纳埃尔缓步下楼。女房东在小花园里一直用抹布扇风。纳塔纳埃尔挨着她在长椅上坐下。

"啊,"她说,"您吓了我一跳!"

"贝尔蒙特先生住进医院了吗?"

"住进犹太人公墓了。"这女人依然直着嗓门说,"不过,看样子犹太人不大愿意。"

"那他的衣物,他的手稿呢?"

"他的衣物值不了三盾,我立即通知了他女儿。"

"我们不知道他还有个女儿。"纳塔纳埃尔说道,他说话时把范·赫尔佐格先生也带进来了,甚至没有觉察。

"怎么没有,是个私生女。这个行为端正的人……他同我们大伙一样,也有过年轻的时候。他女儿在哈尔勒姆开铺子。我立刻通知她,免得让人指责我侵吞房客的家具。"

"哪天去世的?"

"有八天了……是个星期二;大夫总是星期二来看病。他傍晚上去的,在病人房间待了两个钟头。这个情况我知道,因为我看见他上楼,天黑时又下来。房客就是在那个时间死的。是大夫让我叫家属来，看样子他怕拿不到出诊费。钱他还是如数得到了。"

八天。纳塔纳埃尔明白，他见到大夫的那天，一定是最后一次出诊。

"女儿还不错。"女房东把握十足地说，"她找来个旧货商，那人把家具全买走了。"

"那些衣物……手稿呢？"

"衣物当即卖给路过这里的一个收破烂的。"

"手稿呢？"

"收破烂的不要，于是，她拿下楼，扔到运河里。要知道，她父亲本来和同教的人关系麻烦，她可不愿意留着那些烂纸。"

纳塔纳埃尔望望混浊的水。自从这条运河开凿以来，人们一定往里扔了许多东西：食物的残渣、胎儿、动物尸体，也许还有一两具人的尸体。他想到或许是虚无，或许是上帝的那个洞。

他辞别女房东。

"我认出您来了。"那女人跟贝尔蒙特八天前一样说道，"那天，您也上楼了，也许是头一天吧？我呀，眼睛管事儿。"

"我是跑腿的伙计。"

"这就对了。他总是让这里的酒馆食品店把啤酒和吃的送上门来。但愿他付给了您现钱,是吗?"

纳塔纳埃尔点头称是。女房东向他道了晚安。

他回到府上的时候,神情七分黯然,三分惊异。他想到被水浸染的字迹,想到泡软流散并沉入泥底的手稿。手稿的这种命运,也许并不比进入埃利的印刷厂坏些。

赫里特·范·赫尔佐格可不这样看。老人坐在写字台前,嘴半晌没有合拢。

"这么说,他不在人世了……"

他用皮包骨的手指敲着桌子:

"我再也见不到他了。"

"我真奇怪,先生干吗不亲自去看他呢?"

"我?爬五层楼?"

"先生可以打发驳船去接他。"纳塔纳埃尔低声说道。

"我碍于地位,不能同一个名誉不好的人交往。"范·赫尔佐格先生干脆地说,"不过,一部杰作可能从我们手指缝中漏掉了。他让您拿手稿的时候,您就该抓住不放了。"

"请先生原谅。我若是惹病人生气,就会感到惭

190

愧。"

范·赫尔佐格先生严肃地承认了这种情理,然后又说道:

"我们永远也不会了解手稿的内容,除非他向您提过。"

"词句太深奥,当仆人的哪儿听得懂。"

看来,纳塔纳埃尔的回答让人听了很顺耳。归根结底,仆人无论有多大学问,也理解不了哲学家的言谈,这是天经地义的。

"您去休息吧。"前市长说道。

不过到了睡觉的时候,前市长临上床喝了点儿马德拉葡萄酒,话便多起来:

"您只是在他穷困潦倒时认识他,"他眼里含泪,突然说道,"我呀,三十岁之前,我同他一道生活和旅行,那时他同我一样有钱,受人尊敬。我从来没见过像他那样自由、清醒、伟大的人……他充满活力,对所有事物都感兴趣。我们一起周游了意大利和德国:可以说,他总是超过我一步……然而,在阿姆斯特丹……总之,每人都回到上帝安排的贝壳里。我任职一帆风顺……娶了大家闺秀……哪怕他留在有钱有地位、在本族中名望素著的犹太人中间也好啊。他另作选择，同本族人决裂，独自一人到阁楼里生活，就好像能独来独往似的……而且，有人肯定地说他最后的交往……也许这不过是流言蜚语。我则不然，始终占住位置，从不失误。"

他住了口，发觉心里话在说给一个仆人听。他趴在床上，在床头柜上的烛光中，显得比临终前两小时的贝尔蒙特还要没生气，还要老上二十岁，尽管两人无疑年龄相当。他不由自主地咕哝，这次却是自言自语：

"然而，我让人出版他的书，帮了他很大的忙，他对我却毫不感激。"

如此而已。纳塔纳埃尔仿佛看见他凹陷的面颊流下眼泪。但是，房间里不太亮。他怪这个老人不该把青年时的朋友同在被窝里挣扎冒汗的病人截然分开。这颗心不够高尚。主人让他吹灭蜡烛。

几个月过去，秋天到了，克拉拉太太只好通过上下关系，即通过德·艾利夫人，提出申请，在加重他咳嗽的坏天气不派纳塔纳埃尔出门。不过，十一月份有一次，他不得不冒着细雨去埃利家，取回先生重新买下的一些未售出的贝尔蒙特著作。想到同从前的老板再见面，他并不感到别扭。他远远没有这种情绪。

　　他没有见到人，埃利出去了，或推托出去了，现在的人员全是新雇的。他走出院子的时候，望见简·德·维尔德同一个小伙子放声大笑，从旁边一条小巷走过来。此人这样就好。

　　回来经过骷髅地街，临街一个角落搭了些集市旧棚子，常年无人管，有几座临时租给走江湖的或卖艺的。一座棚子亮着灯，里边有一只从印度运来的虎，看一看半盾钱。门口排了一小队人。那天纳塔纳埃尔兜里有钱，而且他从来没有见过老虎，便想开开眼。他心想，这种斑斓的野兽，美丽的眼睛闪着绿光，虽说凶猛，但并不比人类更嗜肉。门旁有块小牌子，他看了不禁心中一悸：观者凡带有本人不想要的一条狗，或者其他健康的动物，均可免费入场。恰巧离他不远站着一位市民妇女，身穿白领褐色衣裙，虽已中年，尚有姿色，抱着一条西班牙小猎犬，看样子出生只有两三个月。那妇女感觉到了小伙子射在她身上的责备的目光。

"家里那条狗下了一窝崽儿，大部分都有主儿了，只有这只不知道怎么办。"

纳塔纳埃尔掏出半盾钱。

"把它给我吧。"

那妇女把热乎乎的小肉球递给他。他打消了看笼中猛兽的念头，回到家里，也就是他一直住的那间与克拉拉太太相邻的小屋。小狗的事引起府中上下所有人的同情。厨娘负责给它做肉糜；克拉拉太太看到还没有训练好的小狗弄脏了小房间，虽不大满意，但也没讲什么话。纳塔纳埃尔给小狗梳毛，刷洗。空闲的时候，他不厌其烦地放它在花园里跑。他高兴地想到自己从虎口里救出这个又嫩又小的肉体，同时又觉得归根结底，猛兽吃活物肉出于本性，也是正当的。尽管如此，他仍十分憎恶那个女人：一个毫无自卫能力的生灵，她竟那么轻易地要葬送。他感到人世的全部残忍集中表现在她身上。

不过,克拉拉太太看见他领着"得救"(他这样叫小狗)在滴雨的树下的小径上散步,还是责备了他。现在,他特别珍惜这个无辜的小生命,认为关键是确保它的命运,即使哪天他因为身体的关系,不得不离开这座府邸,它也能有着落。他把"得救"放在篮子里,通过德·艾利的贴身女仆请求见夫人。

他敲了敲门。夫人正在蓝房间弹羽管键琴。她已经知道小狗的遭遇,在花园里遇见时还亲热地抚摩过它。纳塔纳埃尔把"得救"献给夫人,还特意说小狗长得更好看了。

"为什么给我呢?您很喜欢它呀。"

"它能属于夫人我会非常高兴。"

夫人把"得救"从篮子里抱出来,放在膝上抚摩。纳塔纳埃尔也上手摸,不过十分拘谨,让夫人看小狗的长耳朵、毛厚而光滑的肋部,说是棕红色的身子和白腿相配非常显眼。有一刹那,比一刹那还短,他的手无意擦到灯笼袖口露出来的胳臂。夫人一动没动,也许擦得极轻,她并没有感觉到,不过,他的手多停留了一秒钟,以免显得自己太敏感了;也许夫人认为这事无足挂齿,不值得嗔怪。接触这细嫩的皮肤,纳塔纳埃尔却有种灼热的感觉,在他看来,任何女子也没有如此温柔或者如此纯洁。

小狗使他和夫人接近了。天气好的时候,夫人传他上楼,派他去遛"得救"。

到了十二月份,他的胸膜炎又犯了,但是很快就治好了。然而,主显节那天,客厅里要生起旺火,好接待在星教堂唱圣诗的孩子们,请他们喝热啤酒;他主动搬一筐煤上楼,结果累倒吐了血。克拉拉太太又让他卧床休养,严禁他下地。夫人也询问他的病情,有两三回她亲自下来,给他送止咳糖片或糖浆。她并不停留,但走后却留下一股马鞭草芳香。让夫人看到自己躺在床上,胡子拉碴,头发蓬乱,白布衬衫领里露出细脖子,纳塔纳埃尔觉得丢脸。然而,德·艾利夫人是出于关心才来的,肯定不会注意这些情况。

他的病情一好转,又开始在府内到处忙。主人只让他干点儿零活,先生的起居由克拉拉太太和新雇来的一个老女仆侍候。由于他嗓子总嘶哑,先生就不让他高声念东西了。不过,他在前市长的书房还有一角之地,他掸掉或擦去古玩上的灰尘,修羽毛管笔尖,整理文件;先生看他有一笔好字,有时让他开列文件清单。不过,先生总叫他远一点儿咳嗽,尽管话不那么明显。府中仆人也都一样:晚饭给他摆在厨房灶边,与其他人吃饭的大桌子隔一段距离,这既是照顾,也是提防。纳塔纳埃尔觉出府里出于怜悯而留他,本想离去,但又无路可走,自己还没有病到医院能收留的程度。

这种局面倒轻而易举地结束了。三月的一天早上,先生一如往常,猛然问他:

"您会打枪吗?"

纳塔纳埃尔猛一跳,真像听见一声枪响。这句话问得太突然,他一时没弄明白,停了一会儿才说:

"我在'特图斯号'船上练过,不过,我始终没成为好射手。"

"这样其实更好。"范·赫尔佐格先生含糊地说道。

随即作出解释。弗里斯兰的一个岛子至少一半属于先生,岛上有座房子,多年来是他在打猎季节居住的。他现在不去了,但是他的侄儿——亨德里克·范·赫尔佐格先生几乎每年都去。前一个看守人受不了孤单,一年前悄悄溜掉了。海上的新鲜空气会使纳塔纳埃尔的身体健壮起来。住在大陆上的一个农夫每周会给他送食品,就像给原先那个看守人送东西一样。

纳塔纳埃尔的责任是保持几间屋子的清洁,迎候年轻的亨德里克,再就是时常端着枪,站在岸边唯一的码头上,吓唬企图到海鸟成群的那个岛上偷猎的陌生人。

"万一是海上遇难的人呢?"纳塔纳埃尔大胆问道。

"看他们的样子,您就会知道。"

先生一再说,最好吓唬那些偷猎人,不要瞄准开枪:万一铅弹射中农夫孩子的脑袋,或者弗里斯兰一个显贵的脑袋,事情可就麻烦了。不过,这种骚扰也极少,因为有一段海路,船又容易搁浅在沙滩上,除非来者熟悉航道。到了冬季,骚扰就完全停止,候鸟迁移,都离开岛子了,单单风暴也把海岸封锁了。到十月份,纳塔纳埃尔就可以满载野味,随同年轻的亨德里克回来。

纳塔纳埃尔想到这种孤独的生活,心不禁怦怦直跳,他回忆起迷岛和岛上荒丘野生植物的清香。天晓得,要养好病,这几个月的平静生活够不够呢?不管怎么说,他才二十七岁。可是他立刻想起弗依,她被同样的病魔夺走的时候,比他年龄小多了,海上空气既没有使她免遭病痛,也没有把她治好。不过,弗依是个体质很弱的姑娘。另外有一种念头尚未表明,它即或在内

198

心深处,却也起来反驳这种对孤独的向往:几个月时间,他看不见夫人身边跟着"得救",在光滑的地板上走过来;他也不会瞥见她的笑容。然而,他若是长时间怀有这种遗憾心情就会感到惭愧:夫人同大家一样赞成这个计划。

夫人甚至同克拉拉太太商量过几次,决定给新看守人带什么衣物、药品和干粮为好,以防万一陆上送东西的人不能按时去。这些东西全装进布袋挎包里。

动身的前一天,纳塔纳埃尔向先生告别。先生放下架子,向他伸出始终有点儿凉的手,并祝他万事如意,安分守己。这是先生在这种场合的套话。

然后,他去敲蓝房间的门。夫人亲自来开门。小狗在她周围又蹦又叫。纳塔纳埃尔跪下来抚摩"得救"。当他站起身的时候,夫人对他说道:

"我会好好照顾它的。秋天回来,您就又能见到它了。"

这话使他的心里很温暖,尽管他感到把他同返回隔开的这段时间越发可怕。他思忖夫人是否也会把手伸给他,如果伸过来,他就敢亲吻。然而,吻手不是仆人所行的礼节。他心里正在嘀咕,夫人走上前,在他的嘴唇上亲了一下,吻得那么轻,那么快,但又那么实在,使他倒退一步，就好像天使降临在眼前。两人站在门口。夫人以美丽而无笑意的眼神向他告别，送他出去，重新关上门。

第二天，有人把行李搬上停在花园边上的驳船。克拉拉太太把纳塔纳埃尔送到小码头。府中的仆役拥到月台和跳板上，每次送行都如此。纳塔纳埃尔扶着舷墙，向心肠慈善的女管家挥手告别。这位高个子的女人站在稍远的地方，保持平时友善而冷淡的神态，头发盘在头顶。纳塔纳埃尔再次想到死神，又再次心中暗道这个念头很荒唐：死亡在我们自身。

天清气朗，须德海水平如镜。船上一间大房里有几张桌子和一个柜台，卖饮料、冷餐肉和炸糕。纳塔纳埃尔身边带着吃的，但是，他看到小酒馆墙外有一排长凳，就过去躺下，拿一条口袋当枕头。每到一个小渡口，缆绳抛上月台的声响和跳板的咯吱声都把他吵醒。阿姆斯特丹的喧哗声隐约传来。乘客上船下船。从酒馆敞着的窗户飘出炸糕味和说话声。

纳塔纳埃尔抬起上半身，侧耳倾听大声说笑的人。他们是两对：两个女人样子粗鄙，穿得花枝招展，却很俗气，说不准她们是化妆品商贩，还是生活富裕的从良妓女,二者必居其一。一个女的又矮又粗,手指上戴一只大金戒指。纳塔纳埃尔一向喜欢寻找人畜相像之处,认为陪同她们的男人是两头猪。

"那个老太婆没事儿吗?"

"那还用说!若是能抓住,早就对她下手了。"

"她总该为自己的女儿伤心吧。"

"女儿?从来没见过她生孩子。不过,她再难找到模样儿那么美、手指那么灵的女儿了。"

"那么美?"一个女人酸里酸气地说,"你要这么说也可以:一个美丽的犹太女人。"

"美就是美。"那头更肥的猪说道,"我离得很近看见她的,就在她下面。"

这种供认使两个女人咯咯笑起来。

"不管怎么说,星期二尼麦格马市,我到那儿去高兴透了……"

"你到尼麦格去干什么?"那头瘦猪怀疑地问道,"又不是马贩子。"

"别担心,这不是你干得了的。广场上黑压压一片人,我和我的顾客为了看得清楚些,就从金狗商店出来。罪有应得:她从汉诺威一个船长的裤兜里偷了两千塔勒。"

"她一个人干的?"

"好像是……"

"不久前,她在阿姆斯特丹还有个丈夫呢,那是个傻瓜。"那个一直没开口的女人说道,"他一嗅到绞索的味道就溜之大吉了。有一个能来钱的老婆是一码事儿,冒着上绞架的危险是另一码事儿。"

"当她出来的时候,全场鸦雀无声,一只苍蝇飞都能听得见。"嘴里塞得满满的猪又说道,"她上梯子的时候还唱呢。"

"什么,唱圣歌?"

"哪里,唱酒馆小调。爬到上面,她一把推开红衣汉子,哦,就是那个汉子,说出他的名字会带来晦气的。女的再用点儿劲,那汉子就从梯子上滚下去了。接着,她自己噌地跳下去,套着绞索在半空兜了一两圈,广场上的人都知道她的腿很美。"

"只是腿吗?"

"可惜,我只看到腿,因为有裙子。"

"多特蒙德的那个男人在哪儿,你知道吗?"

"卢芭那女人知道……"

他冲女伴耳语了几句。

"你的嘴太贫了。"更肥的女人鄙夷地说道。

纳塔纳埃尔抬起上半身仔细听着,然后头又放到口袋上。总而言之,萨拉依死了,正如他一直以来预料的那样。至于他,他不过是个害怕绞索的傻瓜。

等那几个人在霍伦镇下了船,他回到舷墙呕吐。水手瞧见他都纷纷嘲笑说,这样风平浪静的航行还晕船。

到了下一站,负责送他上岛的农夫赶马车来接。到老农住的海边茅舍,路还很远。那人见他发呆,弄不清是什么缘故,便动不动吐口唾沫,催那匹骡马,就是不同来客讲话。烟熏火燎的茅屋只有一张床。纳塔纳埃尔躺在老头儿身边;老太婆很瘦,脾气暴躁,她睡在另一边,紧靠墙。快到半夜,纳塔纳埃尔实在躺不住,便坐到火已熄灭的灶旁,这火灶令他想起绿码头街小屋的泥炭火。那火光曾把光着身子的萨拉依映成粉红色。

然而,她上梯子时唱着歌,那很好;她像跳舞一样一下子蹦下去,那也很好。他听人说过,绞死的人因为身体重量,脖子拉得特别长,脸涨成猪肝色,舌头发黑,奄拉下来。不过,她那副面孔已经入土了,他没有看到。他全回忆起来了:谎言,诡计,粗话,放肆的沉默，面善心狠；且不说他的内心，起码他的回忆是不带怜悯的。可是，还有那想不到传得那么远的优美低沉的歌声，那乌黑火热的眼睛，那无处他不熟识的肉体。在行人头上乱蹬的双腿，从前曾紧紧夹住他的膝盖和大腿，曾颤抖着放在他的肩上。这一切是不能忘怀的。

天快亮的时候，他忽然产生一阵难忍的嗟悔，心想若有个精明强干的人，能不能救得了萨拉依。他认为不可能。只有使她完全变个人，才可能救得了她。不管怎么说，他办不到。

一早儿就上船了。正好顺风，小船挂起方帆，再划双桨，从大陆到达岛子只用半个钟头。纳塔纳埃尔划桨划累了，老头儿让他去掌舵。岛子地势非常平坦，临近才能看到。纳塔纳埃尔下了船才发现，沿岸的沙丘构成许多壁垒和沟壑。船驶入平静的小湾，老头儿跳到没膝深的水中，把船拴在被虫蛀了的小堤的木桩上。纳塔纳埃尔用一根长绳拖着行李，很艰难地爬沙丘。鞋里灌满了沙子，他只好脱下来。房子在沙丘脚下；老船工一脚把门踢开，用一块粗木柴支住。他蹲下来点火，但嘱咐纳塔纳埃尔节省烧柴；岛子上可以说没有柴草，只有海水冲来的几块木板。栽植的树木很少，零零散散,起固沙作用,因此十分珍贵,是不能随便动的。只能烧泥炭,泥炭也是从大陆运来的。

维尔海姆老头儿领他看了给主人预备的三间屋子、一间厨房,以及一间当客房用的偏屋。房子很小,但小更暖和。

等到只剩下一个人的时候,纳塔纳埃尔仔细放好衣物、老头儿给的食品,以及府上几个女人让他带的食品。然后,他出去看看。刚到的时候,他又吃力拿东西,又费心思,没怎么顾上看。这一回,他尽可看个够。

房子和大海隔着沙丘,只能从缝隙望见海,而沙丘组成的奔腾的波浪,仿佛就在造就它们的真正的波浪之上。它们是稳定的,如果有什么东西能够稳定的话;然而可以感到它们在暗暗地移动,这里降低,那里升高。风撕碎浪花,同样也驱赶沙的浪花在沙丘上飞奔嘶叫。一簇簇孤零零的草丛,在微风中轻轻摆动。不,这里不是迷岛。迷岛遍布岩石、卵石、荒野,以及根像青筋暴露的蜷曲的大手一样抓住岩石的树木。这里正相反,一切都是蜿蜒或平坦的,疏松或流动的,淡黄色或淡绿色的。就连云彩也像船帆一样飘动。他的心从来没有感到这种颤动。

过了一会儿,他弯曲双膝,仿佛要扑倒,或者要祈祷,他十次二十次地高呼萨拉依的名字。周围一片寂静,甚至没有回声。于是,他反复叫另外一个名字,不过声音很低。这是一码事儿。

纳塔纳埃尔在岛上度过的头几天,也许是八天,要不就是七天或九天(他是靠月相计算时间,维尔海姆每月来岛上也差不多以月相为准),他忠实地站在老堤上警戒;遇着大风天,他很快想出办法,用一条围巾当面罩,抵挡不断扑来的沙子。大船小艇在远处颠簸,却没有一只要靠近岛子。他趴在地上,双手托着脑袋,在观望或遐想中消磨时间,就像在海上长时间风平浪静,海员得以休息那样。他想起范·赫尔佐格先生书房里的贝壳、象牙、珊瑚的小摆设,特别欣赏蓝色、银灰色或粉红色的各种牡蛎贝类,它们镶嵌在被海虫蛀蚀的旧木架上,构成奇妙的图案。那些小玩意儿在府上受到极大的赏识,似乎还有点儿价值,因为它们接近物体由时间、消损和物质缓慢作用而造成的形状。有一次,他拾起一块斜扁形的沙子结块,边上有个像指印的缺口,真像画家的调色板。大自然也同人一样,造一些美观而无用的物品。在这种枯燥的警戒过程中,他一次也没有发现海滩上有人的脚印,但鸟儿却留下星形爪痕,野兔也留下蹿跳的足迹。有时还能看到马蹄在沙上踏的坑;岛子内部有一群马,那是给范·赫尔佐格先生当了几年佃农的人放走的。这些美丽的动物特别胆小,白天难得见到,不过,拂晓时分,时而能发现它们舔海水留下的水洼的盐。

过了一段时间,纳塔纳埃尔把没用的枪挂在脖子上,只站在沙丘顶上观望大海。

风刮得太猛的时候,他就躲进一小片松林里,那也是佃农在时栽植的。小树非常紧密,一棵挨一棵,共同抵御海风。在小树林里,不用像在大森林里那样担心迷路:通过树叶的拱洞,可以望见另一边光秃秃的空间。躲在林中,就仿佛在教堂里。乍开头,周围似乎一片寂静,可是仔细听来,这种寂静却交织着低沉柔和的声音,音响很强,令人想到涛声,而且像教堂的管风琴一样深沉,传入耳中犹如响彻广宇的祝圣。每根细枝、每根分杈、每根主干摇晃时都发出不同的声音,从吱吱嘎嘎到细语和叹息,地下的苔藓蕨草则静止不动。

但是,最美的景象,还是孵卵时节栖息在岛上的成千上万只鸟。在旭日中,涉禽仿佛冻在沼泽的边上,许久才能见到它们小心翼翼地移动一步,又因猎物逃失而失望。在鸟儿得食而生存的快乐和鱼被活吞的痛苦之间,纳塔纳埃尔的感情十分复杂。雁群宛如空中飘带,继而鸣声如雷,冲下来捕食;枭常在雁群前后;雪白的天鹅在半空款款盘旋。纳塔纳埃尔明白,这些生灵是另一种类,同他的任何情感都毫不相干,对他不会以爱还爱;他若是感到身上有一点点猎人的本能,可以杀了它们,但是对它们受物质和人威胁的生存却爱莫能助。出没在沙丘浅草中的野兔也不是朋友,而是小心提防的来访者,它们从洞穴出来,就像来自另一个世界。有一次,他藏在矮树丛里,看见兔子在月光下跳舞。清晨,新婚的凤头麦鸡在空中飞舞,舞姿曼妙,胜过法兰西国王的任何芭蕾舞演员。傍晚,涉禽还守在那里。有一天,维尔海姆老头儿来送食品,胳膊上挎着空篮子来回摆动,一忽儿便隐没在一座沙丘后面。他去捡凤头麦鸡蛋,下趟船运到范·赫尔佐格先生府上食用。老头儿还给纳塔纳埃尔几个,他不要。

纳塔纳埃尔以为住在岛上,便与世隔绝了。也确实如此,但是,任何事情都不如想象的那样完美。维尔海姆每周一来,就把他的思想引回他自以为离开的一切。老头儿带来食品,也带来村子的声息:一头奶牛生犊,或一匹骒马下驹,柴堆失火,哪家老婆挨打,或丈夫当王八,哪个孩子出生或死掉,再就是无情的收税员下来了。有时甚至听到德国一座城市被围困或遭受洗劫的消息。

但是,尤其出乎纳塔纳埃尔意料的是,老头儿竟不是仅仅为他而来。有一次,维尔海姆把食物撂在门口,又背上一个口袋,到一法里之外的旧农舍去;那里只住着一个佃户半残的寡妇和病弱的女儿,女儿一犯病就倒在床上不讲话,不吃也不喝。母女二人还有一头奶牛、几只母鸡和一小块菜地。不过,现在该安顿她俩了。范·赫尔佐格先生的一个办事人联系好霍伦镇上的收容所,母女二人盛夏即可进去。有人要来接她们,不得已时就强行拖走。

老头儿提议让纳塔纳埃尔陪他到所谓的疯女人那儿去。年轻人觉得这一法里路很长,他竭力掩饰喘息和疲劳;在维尔海姆眼里显出是个半残废的人,这实在不好。他还主动做些女人干不动的杂活,比如翻修牛棚低矮的屋顶。他时常来花几个钱,从她们手里买点儿牛奶或两三个鸡蛋;这样,她们攒点儿钱,好到收容所那儿用。五十多岁的女儿犯病的日子,他就去给牛挤奶。他喜欢这种活儿,自从他离开迷岛之后就再没干过。牛肋热乎乎的,非常粗糙,红棕色,犹如阳光下的山坡。对两个女人来说,不管她们多么依恋快要倒塌的旧茅舍,收容所却意味着定时吃饭,冬天有烧旺的炉火,同其他女人闲聊,有时星期天还能去教堂,星期六还能去浴室洗个澡。对于奶牛可不一样,它产奶不多了,这次变动只能意味着上肉店案板。

她们动身那天,差不多跟过节一样。村里好几个小伙子随维尔海姆来了。唉声叹气的老太婆坐简易的抬椅走,椅头绑上床单,由两个年轻人挎在肩上抬着。疯女人不明白怎么回事,只是跟在后边。奶牛殿后。为了安抚母女俩,使她们同意走,人们还带走不少没用的什物。纳塔纳埃尔说服老头儿把奶牛一直收养到秋末。

相当于邻居的人走后,他就没牛奶喝了;老头儿送的牛奶有时接不上,有时变酸了;当维尔海姆的鸡不下蛋时,他也没鸡蛋吃了。不过,这还不是主要的。这个岛上少了两个人和一头家畜。孤独加深了。

然而,整个岛上还不是空无一人。有一天,维尔海姆多待了一会儿,谈起在北边九法里远的地方有个二十来户的村子,那里的地产不是范·赫尔佐格先生的。

村子的茅屋建在盾形小圆港周围，又矮又密，以便防风。乌德齐尔德村人半渔半农，种点儿大麦，养些牲畜。维尔海姆抬起胳膊肘，表示他们也有酒喝；有些日子，啤酒和杜松子酒管够。村里没有牧师，婚嫁自行解决，姑娘们好像也没说个不字。维尔海姆本人从来没有去过那里；那些人同大陆做生意走得远些，到须德海的东北方。

八月的一天，纳塔纳埃尔看见两个健壮快活的小伙子，骑着光背马从岛子内部过来。两匹马来自没人管的野马群，好歹被训练出来了，只见头发和马鬃随风飘拂。他们半光着身子，身上有白色、金黄色，平时干活穿的上衣没遮住的部位则呈深红色或棕褐色，真给纳塔纳埃尔以神仙显灵的感觉，就仿佛生命以他们的形体和他们坐骑的形体来看他。大家一见如故。他俩跳下马，嘴对着木桶排水口，喝起维尔海姆每周来装满的、没有渗进一丝海水味道的清泉水。他们提议要纳塔纳埃尔跟他们一道去岛另一端的村子，说是明后天再送他回来。

纳塔纳埃尔很久不参加娱乐活动了，怕自己咳嗽咯血煞风景；他不跟随范·赫尔佐格先生的仆役去逛集市。可是，两个小伙子的快活情绪叫他动心。他上了马,坐在马尔库斯身后。卢卡斯用鞋跟磕他的马肋,催马跑起来。马奔驰在沙地浅草上,没有嗒嗒的蹄声。紧紧搂住手挽缰绳的骑手的结实身子,贴身感受到这种暖气和力量,这多叫人惬意。甚至健康身体发出的汗味也好闻。纳塔纳埃尔的到来使夜晚变成欢乐的节日:大家相互亲热地拍打,拥抱,饮酒作乐,把鸡蛋饼抛向空中,大吃大嚼;那些不说"不"字,而纳塔纳埃尔也没给她们说"行"字的机会的胖姑娘,在手摇弦琴的乐声中,由小伙子搂着翩翩起舞;一些坐在长凳上的老头儿用鞋跟踏实土地,给四组舞打拍子。纳塔纳埃尔也投入这种欢乐中,仿佛体虚、发热、咳嗽都奇迹般地离开了他;他不再顾虑将来,可以说把过去的十年也置于脑后,在几个钟头当中,重新成为十八岁的水手。可是第二天,他同马尔库斯在阁楼睡觉的时候,猛然咳嗽起来;他藏起沾血的手绢。小伙子们没见过什么病,还以为是昨夜的酒喝多了。骑马跑六法里是不成了,他们干脆玩趟船,送他回去。船避开沙滩,沿着岛子最避风的海岸行驶了好长时间;船后拖着一小桶啤酒,纳塔纳埃尔不肯喝,然而,伙伴们的欢乐情绪继续令他沉醉。小伙子们搀着他爬上阻挡海水、保护房子的沙丘。大家分手时保证再见面。纳塔纳埃尔心里明白再也不会

213

相见。

又过了不几天,他得知亨德里克·范·赫尔佐格先生去不来梅办事,今年秋天不来了。

他对那人的到来本来就存着几分疑惧:一想到皮袋里装满猎获物,他便十分反感。然而,现在就仿佛降下沉重的幕布,将他隔在孤寂中了。他原来想象,他作为年轻的亨德里克先生的仆人,跟着主人登上拖船;现在他却想象不出他独自上船的情景。但是,前市长在语气冷淡的信上特意加了一笔,说他推测纳塔纳埃尔已经康复,十一月初可以回城重新当差了。纳塔纳埃尔心里却明白十一月份回不去。

于是，时间停止存在了，就好像抹掉钟盘上的数字一样，钟盘本身也变白了，宛如白昼空中的月亮。没有钟（房间里的钟不走了），没有表（他从来没有表），也没有挂在墙上的牧人日历，时间一闪而过，或者始终继续。太阳升起又落下，位置今天跟昨天差不多，只是每天黄昏沉得早些，每天清晨升得晚些。拂晓和黄昏是唯一重要的事件。在两者之间，有什么东西流逝了，不是时间，而是生命。月亮的圆缺也无关紧要了，只不过月圆的时候，夜里沙地白晃晃的。在"特图斯号"驾驶员朝金牛星座或昴星团转舵那时候，他能背诵出星宿的名称和图形，现在却想不起来了，这也无所谓：归根结底，这些在天上燃烧的火团令人费解。星空总有一部分被乌云或雾霭遮住，有时星星又像失掉的朋友一样重新出现。在疾病加重，渐渐剥夺他热烈喜爱万物的力量之前，他继续热烈喜爱夜。这里的夜仿佛无边无际，威力无比：海上的夜使岛上的夜四面扩延。有时从屋里出来,外面漆黑一片,只能隐隐约约地看见沙丘柔和的形体,以及缝隙中大海翻滚的白浪,他脱掉衣裳,让这夜色和温暖的风侵入肌体。于是,他完全成了万物中的一物。他无法说清为什么,他的皮肤和黑暗的这种接触,像从前交欢一样令他激动。若在别种时候,空寂之夜则是可怕的。

一天进一步分割。沙上草丛的影子便是日晷。他定睛看着日晷转动,或者让流沙从指缝中漏下,把手当成沙时计,然而既不计秒,计分,也不计时:他只要把手掌上的细粒摊平,就会抹掉一段时间已过的明证。为了不同人类历书失去全部联系,他用刀子在搁栅上刻道,标明维尔海姆每次来相隔的天数。他只要一天晚上忘记刻,整个数字就乱了。而且,维尔海姆越来越不准时了,因为岛上只剩他一个人需要送食品。当盼望的小船迟迟不来的时候,他就有些惶恐不安,不过,这同奶酪、大面包、海风吹蔫的蔬菜无关,甚至同船给他送来的极为宝贵的淡水也无关。他仿佛是需要看看维尔海姆老头儿的面孔,好确信他自己也有一副。

有一次,他要自我表明他还有声音和言语,就高呼一个名字,不是一个女人的名字,而是他自己的名字。这声音令他毛骨悚然。海鸥的嘶叫,杓鹬的哀鸣,包含

216

着羽翅类其他个体懂得的一声呼唤,或一声警告,至少一种生存的信息。然而,这无用的名字似乎死了,犹如语言再也无人讲时,全部词汇便死了一样。在广漠的天地中要确认自己,他也许应当像鸟儿一样唱歌。可是,且不说他沙哑的嗓音很快就破了,他知道自己永远失去了唱歌的兴趣。

恐惧渐渐在他身上扎根,起初还是潜伏不动,后来往往疯狂般发作。但是,这并不像他原来以为的那样是恐惧孤独,而是恐惧死亡,就仿佛自从剩下他孤零零一人之后,死亡变得越发不可避免了。必须尽快离开岛子。可是回哪儿去呢?维尔海姆的到来,原先盼望得那么殷切,现在却变成了一种危险;他几乎不停地咳嗽,只要擦到他的手就会觉出他在发烧,这些自然逃不过老人的观察;他们可能在搞什么名堂,就像对待那两个女人一样;只要稍微看出不宜把他接回府,他们就会在维尔海姆烟熏火燎的茅屋,给他找个最后的安身之所,或者把他送往霍恩的收容所。此外,维尔海姆肯定要在严冬到来之前,结束这种海上的往返。

理智告诉他,生灵总是孤独地死去。而且他也不是不知道,野兽要死的时候,就躲进僻静的角落。然而,他在夜间咳嗽得窒息的时候,觉得身边有个人会给他支持，即使是专等尸骨未寒就剥他衣裳的梯姆和米纳在跟前也好。他重又想起在垂危病人床头讲拉丁语的阿姆斯特丹医院大夫，那种人不是他所需要的。他回忆自己守护混血种人的那几夜，当时病人躺在甲板上一个布匹货包的庇荫处；那人曾经尽力帮助、爱护他，然而他闻着化脓的臭味，看到从眼眶里冒出一半的眼珠子，就想要呕吐，一边盼那人死，一边不停地把落在伤口的苍蝇轰开。他只能给那个年轻的耶稣会士一口水喝；对于弗依，他既没能减轻她的痛苦，也没能安慰她。至于萨拉依，她断气的时候，他毫无感觉，甚至没有颤抖一下，那正是他在阿姆斯特丹的府上度过的最后几天，也许正在德·艾利夫人吻他的时刻。在黑压压一片人的广场上空，她孤独地逝去。

他这阵生活没有书看，起初在房内只见到一本《圣经》，还在一天炉子不着的时候撕了烧掉。现在他觉得，他偶然看的书（能根据这些评论全部书籍吗？）也没有向他提供多少东西，可能抵不上他的热情与思考。他想自己没有潜心读世界这部书总归不好，而现在，这部书大量呈现在眼前，他的时日却不多了。读书犹如嗜酒，同样是自我麻醉的方式。况且，书籍是什么呢？他在埃利那里干活的时候，那一行行铅墨字见得

218

多了。他越是肉体疼痛难忍,无暇旁顾,越觉得应当注视自身的形成与解体,即使谈不上理解。

有一两次,他想按照戴领巾、穿黑长袍的人在讲坛上说的那样,尽量评价自己的过去。他没有办到。首先,这不纯粹是他的过去,而仅仅是途中所遇见的人和事;它们又浮现在眼前,起码是一部分,然而他却没有看到自己。总的来说,他觉得人与境况对他的好处多于坏处,他的日子欢乐多于痛苦;当然,他所享受的欢乐,许多人并不向往。他领略的情趣,比如嚼一株草,可能是任何人也看不上眼的。他从来没有富过,出过名;他也从来没有盼望过有钱或出名。他还觉得自己没有干过坏事,哪怕用石块打鸟儿,说一句令人记恨的狠毒话。他之所以能如此,恐怕还是运气的关系。他本来可能打死格林威治那个胖子,可是没有打死,这纯粹是偶然。假如萨拉依公开让他去卖她偷的东西,他也许会顶不住,热心地答应。

不过,首先要弄清,他所指的自己这个人又是谁呢?他是从哪儿来的呢?是喜好吸鼻烟和扇耳光、给皇家海军干活的那个快活的胖木匠和他的清教徒老婆生的吗?不对:他只是从他们的身体通过一下。他并不认为自己像许多人想的那样,是对立于动物和树木的人，倒觉得自己是前者的兄弟，后者的远亲表兄弟。在温柔的女性面前，他同样不觉得自己格外是男性。他曾热烈地占有过几个女人，然而一离开床铺，他的忧虑、需求，以及在工钱、疾病和每日生活的杂务方面所受的束缚，在他看来，同她们的并没有多大差别。说实在话，他极少感受到其他男子给他的骨肉兄弟之情，可他并不因此觉得逊于别人。人们把一切都歪曲了，他思忖道，就不想想人也是随遇而安，酷似植物；种子被风吹到什么地方，就在那里的土壤上好歹吸收养分，寻找阳光和水。他觉得，主要是习俗，而不是本性标明我们划分身份、习惯和自孩童便获取的学问的差异，或者祈祷所谓上帝的不同方式。甚而年龄、性别，乃至种类，在他看来，相互间都比人们认为的接近得多：幼儿和老人，男人和女人，动物和嘴能说话、手会干活的两足动物，在生存的不幸和甜美方面，全是相通的。尽管肤色不同，他和那个混血种人相处得很融洽；尽管萨拉依信奉另外一种宗教——其实她并不怎么遵守教规，她照样是一个女人，受洗礼的女人也有窃贼。尽管仆人和市长之间隔道鸿沟，他对范·赫尔佐格先生却有感情，而范·赫尔佐格先生对这个仆人也不无仁爱。尽管他先在小学校，后在埃利那里校阅的书中学到一些知识,可是同马尔库斯相比,或者同从前当厨师的那个混血种人相比,他并不感到懂得多些。尽管那个年轻的耶稣会士穿着长袍,来自法国,他看着却像个兄弟。

然而,还轮不到他提出看法;他没有这个能力,而且也只能说给自己听。随着他的肉体逐渐衰竭,犹如干打垒或黏土房浸水而逐渐瓦解一样,仿佛有种说不清的强烈而明亮的东西,在他自身的顶峰越发闪光,就像危楼最高房间里的一支蜡烛。他推测这支蜡烛会在倒塌的房子的瓦砾下熄灭,可是不能肯定,也许看到,也许看不到。他倒倾向于完全的黑暗,觉得这是最理想的结果:任何人也不需要永生的纳塔纳埃尔。或许小小的火光继续燃烧,或许在别的蜡烛体内重新点燃,而这连它自己也不知道,或者根本不在乎已经有过一个名字。其实,他甚至怀疑他的精神,或者年轻的耶稣会士所说的他的灵魂,不是别的东西,而是仅仅存在于他的身上。但是,他不像列奥·贝尔蒙特那样,至死还探询不可名状的轴心或洞,即上帝或自我。他周围有大海,雾霭,太阳和雨,天空、水下和荒野上的动物,他像这些动物一样生死。这就够了,谁也不会想起他,如同人们不会想起去年夏天的小动物。

他执拗地继续保持主人三个房间的整洁，就仿佛亨德里克先生没有决定不来似的。他又染上洁癖：打咸水洗他那点儿餐具和衣物，这很快消耗掉他的体力。炉火就像一头贪婪的野兽，必须不断加碎木片或泥炭块。最后，他不得不用冷大麦粥、白奶酪和面包充饥。他的肠胃存不住食品，好几次他不得不急忙起床，奔向门口；留在门口的一条稀屎令他恶心，不过到了早晨，就只有几处发黑的斑痕，他用脚踢点儿沙土便盖上了。

　　最糟的是喀喀地咳嗽，就好像他没入泥塘，肚里灌满了泥浆似的。他现在睡觉盖范·赫尔佐格的一条漂亮被子，这比毯子容易吸汗。每天夜间他咳嗽得打滚的时候，就以为自己熬不到天亮了。这想法极其简单：今天夜里，有多少林间野兽再也见不到拂晓？他对生灵寄予无限的同情，每个都与所有其他的相隔离，无论生与死都同样艰难。天蒙蒙亮的时候，从海洋吹来的温和清爽的空气，给他送来某种暂歇。他的身子经过洗浴，一时间似乎没有病痛，甚至很美，所有神经都投入清晨的幸福中。

　　怪事，他身体的衰竭在夜间感觉尤为明显，却没能扼杀他对情爱的需要。这的确是情爱，因为像在梦中

一样拥有的心上人，每次都是同一副面孔。德·艾利
夫人把琉璃苣和蜀葵熬的汤药装在大帆布口袋里，派
人给他送来，他以感激的、几乎是尊敬的心情喝药。他
只以崇敬之心想到她。然而夜间，他光着身子躺在褐
色毛毯里，和她贪婪地干了他从前和弗依、萨拉依以及
别的几个女人干的事；在他的想象中，这个身体摆出他
原来情人的姿势，完全沉溺在情欢中，但显得更加温
存。他的记忆经过这样一改变，再次使他陶醉了。这
不是强奸，因为他想象的情欢是你恩我爱的。然而，这
是一种他感到羞愧的越轨行为……德·艾利夫人……
他曾经喜欢以别种心情叨咕这个名字，可是自从她在
他心目中代表所有女人之后，任何名字也不像这样须
臾不可少了。当然，德·艾利夫人从来没有做任何事，
讲任何话，或者暗示什么，可以使他对她这样放肆地支
配。继而他又想，尽管爱慕的一方默默无闻或一贫如
洗，年龄不配或其貌不扬，而被爱慕一方胆怯害羞，或
者另有所爱，但是我们每个人就这样开放了，给予所有
人了。即使她死了，他还可以在梦中享用她。然而她
还活着，想到这点，他便希望自己也多活几天。

　　这一阵过去，隔一段时间才会再来。秋分的风暴

差不多按预计的时间到来,扫荡了一切。维尔海姆事先告诉过纳塔纳埃尔,风暴停止之前,他不会冒险来岛上,这要节食或暂歇一周,也许两周。生火是不可能了,烟会从矮烟筒里倒灌,满屋全是。不过还不冷,四处弥漫着一种荒野的气息。浪涛涌起,波谷凹陷,白沫纷飞,后浪又冲进前浪,其实这无活力的水只不过被风耕耘。只有这海水和贴沙丘的零星几簇倒伏抖瑟的草,才标明看不见的主宰的突奔,它只以对事物的残暴来显示它的存在。它是看不见的,同样也是无声的:波涛再次成为它的工具;波浪拍击沙岸的雷鸣,这万马奔腾的声音来自它。其他一切却无声无息;树林离得太远,听不见枝干咯吱咯吱的鸣叫。

纳塔纳埃尔几天没有出门,有时往外探探头,马上又被飞沙抽回来。他思忖道,再涌起一阵波涛,再刮来一阵风,不仅摇摇欲坠的茅舍要倒塌,而且整个岛子也要没入海中,成为沙洲或是对航船有危险的沉潜物。可是,根据人的记忆,每年秋分都要涨潮,然后又退潮,冲天的狂怒平息下来,冬季风暴之后同样有暂歇,接着又来春潮。这个从水中出现的沙岛,总有一天要沉没,然而什么时辰,哪天,哪年,都难以预料,如同人死亡的日期一样。

眼下，鸟儿还挺信赖岛子，在此避居。透过不时被飞沙迷漫的玻璃窗，纳塔纳埃尔看见数千只鸟儿栖止在沙窝里，它们都懂得既要忍受并面对风暴，又必须保存力量，头冲着风向，免得羽毛被大风吹起来，全体默默无声，秩序井然，像一支被围困的军队。等风暴基本平息，至少可以尝试出门了，纳塔纳埃尔便朝鸟儿栖止的地方走去，他与其说是行走，不如说是匍匐前进。大部分鸟儿都重新飞上天空，在高空盘旋，仿佛在这种乘风或逆风的飞翔中十分快意。叫声嘶哑的海鸥已经在猎鱼，它们浮游在被浪涛翻起浅滩沉积物的地点，把长喙伸进满是漂浮物的浑汤里。平静的小野鸭毫不费劲升到巨浪脊上，又落入波谷。有几群鸟儿胆子小些，仍静静地停留在原地。纳塔纳埃尔在沙上爬行，不会惊动它们。在鸟儿躲避的长条低洼地的边缘，他发现一只翅膀折断的灰色海鸥。看羽毛，它还没有完全长成，但已经死了，失去活力的翅膀，不再服从来自脑袋或羽胸的决定，而是听任风的巨大意志的摆布。纳塔纳埃尔用棍子尖把它翻过来。这东西只剩下鸟儿的外形，原来的生命已经不存在了。夜晚，他在房间里点上蜡烛，好减轻孤独感，在一阵咳嗽的时候，他支起上半身，隐约看见不再震动的窗户上有只垂死的苍蝇，它无疑被这一点点温暖和光亮误引来,撞着玻璃进不来而嗡嗡叫。

　　第二天,风停了,一切都显得异常地平静。天还没亮,他就穿上衬衫、短裤和外衣,喘息着穿上鞋——他只要弯腰干什么就总是气喘。他锁好门,免得被风吹开。天空由黑转灰,表明要到清晨了。

　　他往岛里走去。天色虽然昏暗,但他熟悉自己踏出的不明显的足迹,径自走向他偏爱的角落:现在他身体虚弱,要走半个钟头才能到达。他不时停下来看看周围。席卷海岸的风暴对岛内影响不大,只是树林那边,有的树可能被连根拔起。纳塔纳埃尔希望,那些强壮的小兄弟们紧靠在一起,能够相互保护。可是这一边,只有贴地皮的浅草和极矮的植物,连沙地也覆盖不严。要到他想去的地点,必须涉过一条天然小水道,那是雨水汇聚而成,也许要在远处投入大海。小溪并不深。他心里虽然明白,但觉得没有必要去想,他此刻所为,跟有病或受伤的动物一样,是想寻找一个僻静的地点独自长眠,就好像范·赫尔佐格先生的茅舍还不完全僻静。他每走一步,都想到他还可以原路返回,到他的偏屋喝晚餐的粥。然而每迈一步,由于疲惫和气喘,返回也就更困难一分。他若是摔倒，要费很大劲才能起来；这种情况他已经碰到过。

他终于到达他寻找的洼地；这里稀稀落落长着一些野草莓树，是鸟儿秋天避风、春天做窝的地方。他走近的时候，惊起一对野鸡，它们突然飞起，翅膀拍得很响。在这不显眼的丘壑的口上，有两三只几乎像人体一样发育不良的小野兔，喜鹊曾在这里做过巢。这空袋子一样的东西不久前还容纳过生命，纳塔纳埃尔把手指探进去。

这时，天空一片粉红色，东方自不待言，而且四面八方都如此，低垂的乌云也映着朝霞。认不准东方了，哪面都仿佛是东方。他站在四面缓坡的洼地里，望见周围沙丘起伏，与大海相连。然而在这么远的地方，波涛隆隆声听不见了。在这里很好。他挨着完全避风的一小片野草莓树，小心翼翼地躺在浅草上。如果他有心回去的话，他睡一小觉就可以回去。不过他又想，他万一这样长逝，就会逃脱人的一切手续：他在这里，谁也不会来找他；维尔海姆老头儿也绝想不到他会跑出这么远。到了春天，偷鸟蛋的人就是发现他的遗骨，也会认为不值得掩埋了。

忽然，他听见一声羊叫：这并不奇怪，几头绵羊重

227

又成为野生动物,就住在岛中心,它们也像他一样找到了安全之所。

满天霞光的时刻过去;他躺着仰望天空中大块乌云聚散。继而,他猛然又咳嗽起来。他极力想憋住,觉得再也没必要清他的病痛的胸。他感到两肋里边难受,于是抬起点儿身子,好能缓和一点儿,只觉嘴里充满熟悉的热乎乎的液体;他无力地吐出来,看见带沫子的痰丝漏进覆盖沙地的草茎中。他有点儿窒息,只是感到比平常稍微重点儿。他重新枕在一圈草上,纹丝不动,仿佛睡着了。

一个美好的早晨

段映虹/译

献给约翰·波拉克

"这么说，你看见他们了？"

"岂止看见了。我还跟他们说话了。你能保密吗？我要走了。"

"去哪儿？"

"丹麦。好像是在北边，听说那里的人待演员不错。"

"他们雇你了？"

"你知道，自从他们的年轻女头牌在棕熊被打破了脑袋，他们一直缺个人。"

"卢芭知道吗？"

"不，最好别让她知道。不过她总能找到别的人把啤酒和咖啡给客人端到楼上。"

"他们明天就出发吗？"

"嗯，一大早。别太难过，克莱姆。我们从丹麦回来时还经过这里。对了，我们上次打赌，我欠你三个铜板。"

"哦,你知道……"

他们拥抱告别。

　　他来到这个转动的大球上已经十二年了,小家伙自己也在转个不停,但只是在阿姆斯特丹的大街小巷里。晚上,他穿得漂漂亮亮,充当小侍者,为卢芭的客人拉开大门,鞠躬时腰弯得比地面还低;不时,一连串铃声拼命响起,他就被派去给那些值得格外关照的客人送饮料和烟草。况且,卢芭太太只接待这样的客人。

　　先生们倚靠在枕头上,由两位侍女中的一位陪着,或者是第三位,她是个黑人,谁也不在意这个蓬头小子;他们漫不经心地跟他说话,让他自己去搭在椅子上的外套口袋里摸一枚硬币。然而有一两回,拉扎尔就这样得到一枚金币,这让他很为难,因为他不知道上哪里去换钱,才不会被人说成是偷来的。最后,黑姑娘朗声笑着,替他换成零钱。侍女们都很和气,但她们很晚才起床;大伙儿忙个不停,要为她们铺床,浆洗熨烫袖口和帽子,将鞋子擦得锃亮。做假发的女师傅每天都来给她们烫头,她允许小家伙将钳子烧热,必要时还让他吹气让钳子变冷,但是头发烧焦的气味让他倒胃口。

跟其他活儿相比,最美的差事是有人来叫他去客栈帮忙。卢芭是个好心人,她很看重与邻居友好相处,这种事儿从不拦着他,她甚至从不在小费里抽成。至于学校,总能勉强对付。何况,以他的年龄,上学也有点儿太迟了。

客栈是一个世界。这里无所不包,来赶大集市的胖农夫,来自世界各地的水手,还有总是忧心忡忡的法国人,他们身无分文,自称是文人,但拉扎尔不懂这个外国词儿到底是什么意思,而老板私底下说他们是密探;还有各个使馆的仆人们,大使们暂时找不到地方安置他们;还有那些跟军官们在一起的女士(他的母亲大概就是这些女士中某一位的样子)。来自英国的邮船几乎总会带来客人,这时他——卢芭家的小拉扎尔——就备受青睐,不只是为了端菜或者在院子里牵马,而是要他用英语跟这些人把事情说清楚。在卢芭家里大家经常说英语;他从小就学会了。即便那位来自牙买加的黑姑娘,也会咿咿呀呀说上几句。拉扎尔也曾见过世面,卢芭带他去伦敦待过几个星期,他穿着最好的镶花边领子,口袋里揣着闪闪发光的弹珠。不过他记得最清楚的是晕船的滋味儿。

这些天,来了一大群英国人。人们一时弄不明白他们究竟是有钱人还是穷人;他们带着许多乱七八糟的包裹,箱笼破旧,只好用绳子勉强捆扎起来。他们中有些人穿戴漂亮,不过衣服有点撕破了,或者打着补丁;另一些人衣冠不整,衣服不是磨破,就是脏兮兮的,有时一条漂亮的镶亮片的围巾从外套里露出来,但那是一条女人的围巾,还有人手指上戴着硕大的钻石,要是卢芭太太看见,准保立即断定是假货。

拉扎尔一下子认出他们是演员。他懂行。他在伦敦看过一两出戏,在阿姆斯特丹本地,偶尔也有人在十字路口或者客栈的大车棚里搭起台子演出,不过这些演员只会杂耍,要么扮小丑,算不得什么。相反,来到客栈的这些人,他们中大多数(他们足足有十八或二十人)的仪态举止几乎跟卢芭太太或者赫伯特·莫蒂默一样优美,后者用善意赢得了拉扎尔的心,孩子将他视为好友。

赫伯特·莫蒂默圣诞节前回伦敦了,但是拉扎尔还没有忘记他。他风度翩翩,尽管他不过是个老先生,佝偻着背,头发全白,样子很温和。他的双手修长,保养得很好,仿佛一直在摩挲他的手杖头。但他也喜欢轻轻敲打孩子的脑袋,然后旋开精致的手杖头,取出杏

234

仁糖给他吃，这是他们两人都喜欢的糖果。他和卢芭太太，就是人们所谓的老朋友吧。他是两三年前来到卢芭家的，随身带着几件料子上乘的旧衣服，还有一只装满小册子和书籍的大箱子。他还有一只跟拳头差不多大的小猴子，但小猴子后来死了。卢芭让赫伯特住在顶楼的房间，那是喜欢清净的客人住的地方。他很少下楼；孩子负责给他送饭，心里想可能因为他不愿爬楼梯，要不然就是胆小。没有人像他消耗那么多细蜡烛（他对脂油烛不屑一顾）①，然而卢芭一反常态，并不生气。拉扎尔心想，要这般彼此体贴，想必他们跟那些相爱的人一样，曾经常常醒来时头枕在同一个枕头上，不过那也应该是很久以前的事了，因为卢芭尽管搽脂抹粉，涂着红蔻丹，她可一点儿也不年轻了；而他，赫伯特，对自己的衰老不加掩饰。他肯定少说也得六十开外了。但是，至少有一点，他跟其他老头子不一样：他很大方。孩子上楼给他送去热巧克力或者面包干，他总是跟孩子一起分享。

晚上，夜深了，拉扎尔回到他的阁楼时，常看见赫

---

① 细蜡烛（bougie）以蜂蜡为原料，相比以牛羊等动物的油脂为原料的脂油烛（chandelle），较为昂贵。

伯特的房门下透出一线光亮,听见他自言自语。更确切地说,仿佛他在跟很多人说话,那些人在回答他,但是拉扎尔确信房间里没有其他人。要不然他就是在跟幽灵说话,那样可真吓人;然而,有一天拉扎尔透过钥匙孔往里瞧,没有看见幽灵。最奇怪的是老先生的声音变化多端:有时,是一位男子漂亮的嗓音,听上去像个年轻人,让人想起饱满的嘴唇和漂亮的牙齿。另一些时候,是一位年轻姑娘的声音,轻柔温和,有说有笑,宛如一股清泉。有时还有几个粗汉的声音,仿佛在吵架。然而最美的,要数他用一种庄严、缓慢的声音说话,那肯定是一位主教或国王。

一天夜里,小家伙用手指在门上抓挠。老人过来拉开门,面容和蔼,手里拿着一本书。

"是你? 我早就听见你在门缝下面喘气,像一只小狗。"

拉扎尔低声吠叫,坐在地上,将爪子搭在赫伯特先生膝上,扮起了小狗。另一个用手轻抚他的头,重又低声朗读起来,但是孩子感到他比任何时候都朗读得更好,自从他知道有人在听、在看。从那个夜晚起,他们变得形影不离。拉扎尔成了他的孩子,他的爱犬,他的观众。他也很快成了他的学生。一天夜里,老人将几

张破损的纸推到他面前,对他说:

"你识字。你来跟我对答;这样更快活。"

果然,这样更快活,因为拉扎尔一旦出错,他们两人就笑个不停,而拉扎尔常常出错。他认印刷体并不是那么利落。

现在他们几乎总在一起吃饭。两个人一边吃,一边时常将刀子当作短剑,深深刺入某人的肋骨,或者将叉子变成一朵鲜花,献给一位贵妇,有时又是一柄权杖。有两三次,赫伯特先生应卢芭之邀,答应下楼跟他的女主人一起用餐,然而几个侄女以及她们的座上宾令他厌倦。孩子觉察到赫伯特让大多数人感到不自在,因为他在餐桌上举止优美,说话过于文雅,不用说,卢芭的客人们即便有钱,也往往是些大老粗,另一些人则相反,呆板拘谨,戒心甚重。至于卢芭太太本人,她教养良好,穿着镶花边的衣裙更显得娇小,然而对客人们放肆的大笑,他们的打嗝声,他们朝炉子上啐痰,她都见惯不惊。再说,赫伯特先生,他能用动人的方式说国王和王后的英语,却不怎么会说当地的语言。人们取笑他,这让他恼火。小家伙也不放过嘲笑他口误的机会,然而他只有在两人单独相处时才这样。

一天,快到圣诞节了,正当赫伯特先生待在卢芭舒

适的小会客厅里,孩子听见他说:

"如此激情充沛,耳朵对节奏如此敏感……我仿佛看见自己十二岁时的样子,同时他还有某种我不具备的气质,一个仙子,一个水精灵,爱丽儿①……"

"爱丽儿?"卢芭太太疑惑地重复道。

"无关紧要。"另一个迫不及待地说下去,"任由这块良田荒废,实在太可惜了……若是由我来调教……"

"您这行当,亲爱的,从头到尾都只能饿死。"

"然而,其间有一些美妙的时刻。"赫伯特说,仿佛在梦中,"撼动全场,就连那些走在街上眼前有人被谋杀也不会动情的人,也会受到感动……还有,宫廷……以某种毫不卑躬屈膝的方式向国王致意,当我们习惯于自己就是国王或王子……干这一行,有机会与这个世界上的大人物交往。跟您的行当相似,恕我直言。"

"至少从来没有人托付我传递危险的急件,面临牢狱之灾。您可是险些儿……"

"多亏您,我的可人儿。只因您的魅力,才没有走上同一条路……"

"哦!"她说,"我可从来没有因为政治上的废话受

---

① 莎士比亚戏剧《暴风雨》里轻盈飘忽的精灵。

到牵连。空谈而已，亲爱的。凡事我只相信实在的东西。"

"实在的以及美妙的。"他殷勤地说，"但这个孩子……"

"不。"她说，"万一我要将他送回那边，也得交给一个更有钱的保护人。永远是实在的，您明白吗？死了这条心吧。"

她站起身来，做了一个令孩子大吃一惊的动作：她亲吻了老朋友的嘴唇。他也回了她一个长长的吻。他们这样年纪的人还要亲吻，这可能吗？小家伙似乎听见卢芭太太笑着对赫伯特先生说，一个十二岁的毛头小子并非她的情敌。

但是，没过几个星期，赫伯特得意地向人展示一份钤满印章的通行证，那是他等待已久的。在他看来，政治的天空云开雾散了。

"我建议您还是待在原地。"卢芭审慎地说，"圆颅党人①在那边闹得剧场不得安宁。您很可能会卷入一出真正的悲剧。"

---

① 指十七世纪中叶英国内战期间支持议会的清教徒，他们的首领是奥利弗·克伦威尔。

然而毫无用处。几天之后，老人搭乘邮轮前往伦敦，伯比奇①有一个精彩角色等着他去扮演。他与卢芭太太之间的告别满怀深情，然而短促，时常经历聚散的人都是这样。他怀着更多柔情拥抱孩子，至少孩子是这样认为的，他相信看见老朋友的眼睛都湿润了。"多美的朱丽叶，"他用几乎颤抖的声音喃喃低语，"多美的朱丽叶！"他担心过海关时行李遭到胡乱翻检，将大部分书籍和小册子留在卢芭家里了。

孩子将这些东西据为己有，但卢芭太太在细蜡烛上对他可不会那么大方，于是他将偷来的脂油烛头攒起来。夜里，他在自己的阁楼上，尽力模仿老朋友的语调和动作。

在客栈下榻的这些演员可不如赫伯特那样仪表堂堂，据赫伯特自己说，他常常在詹姆士国王的宫里演戏。但这些人口袋里有几个钱。他们一路巡回演出，会经过汉诺威（选帝侯夫人是英国人）、丹麦，最后一站是挪威。但眼下他们准备在德·布雷德洛德先生举行的乡村节

---

① 伯比奇（Burbage）是与莎士比亚同时代的英国著名的戏剧家族，父子三人都是剧院经理或演员。此处所指不详，在时间上与真实的历史人物也略有出入。

庆中先演一出喜剧,这位老爷喜好享乐,出手阔绰,客栈老板们都很敬重他,他的大园子就在几里地外。人们对老爷的敬重也惠及这些流浪艺人。虽说如此,一个演员比一头役畜好不到哪里去,他们得到客栈下房里的一间大屋子,大概是从前的马厩,后来摆放了一张大圆桌和几条凳子,沿墙放上一些被褥,算是床铺。

拉扎尔喜欢猜人的年龄,他觉得剧团里最年长的人大约五十岁,最年轻的十七岁。十七岁那个人很好。他很快听说他名叫汉弗莱。

小家伙端着大锡杯在厨房和大屋子之间穿梭。这仿佛是个游戏。他高高抬起细瘦的胳膊,为自己的技巧感到得意,将啤酒像水柱般倾倒出来,激起强劲的泡沫。

"妙极了! 朱庇特老爹的司酒官!"

"我就是您的甘尼米德①。"小家伙说,随口引用了一个叫莎士比亚的人写的一行诗。

剧团总管简直不敢相信自己的耳朵。

"你从哪里知道的?"

---

① 甘尼米德是希腊神话中著名的美少年,宙斯的司酒侍童。莎士比亚的喜剧《皆大欢喜》中,女主人公罗瑟琳乔装逃亡,更名为甘尼米德,这句台词见第一幕第三场。

"我能背诵罗瑟琳的全部台词。"孩子骄傲地说。

"果真如此,这可不只是个好兆头。"冷眼旁观的胖经理说,"机不可失,时不再来。"

"谁也说不准爱德蒙能不能过这一关。"总管回应,他喜欢唱反调,说到底他对爱德蒙一向偏心。

"得了吧! 就算他过得了这一关,也得要三个星期,我们明天就要演出了。再说,一个脸上挂彩的罗瑟琳……"

"你,犹太小脏鬼,你怎么会说英语呢?"总管凶巴巴地问,他在舞台上也扮演暴君和希律王,"还有,罗瑟琳的大段台词,你究竟从哪里学来的?"

"一位叫作赫伯特·莫蒂默的老先生在我家住过。"

经理瘪着胖胖的腮帮子,吹了一声口哨。

"只有这个? 要知道,他刚回到伦敦,赫伯特,带着一张管用的通行证。大家等着他来扮演恺撒。"

"不是恺撒,你想到哪里去了! 时局这么混乱!这出戏十分危险……不……是让他扮演威尼斯的摩尔人①……稳妥起见,改编过了,因为这出戏终归也够老

---

① 指莎剧《奥赛罗》的同名主人公。

的了。不过说实话,赫伯特脸上抹了青皮汁①,裹上头巾,扮相还真不错……"

"话说回来! 众人都知道,他的年纪已经不适合亲吻苔丝狄蒙娜了……"

"罢了! 闲话少说。舞台上的年纪,你知道,甚至生活里的年纪……"

金发的胖经理目不转睛地看着孩子,大家似乎已经忘记他了。

"奥兰多②,跟他对一下台词。"他对汉弗莱说,"我们来看看他究竟会不会演罗瑟琳。不管怎样,他挺可爱……"

"这不公平。"一个阴郁的男孩说,他有些发胖,正要用叉子将面包上的烟熏鲱鱼送进嘴里,"是我,爱莲娜③,该轮到我扮演罗瑟琳了……"

"你就安心扮演爱莲娜吧,我的姑娘。"经理说道,大伙儿也称他好公爵,"你穿裙子的样子已经够难看了,要扮演一个女扮男装的姑娘,就好比来个三滚翻,

---

① 用核桃完全成熟之前的青果皮制作的褐色染料。
② 《皆大欢喜》中的人物,罗瑟琳的恋人。
③ 《皆大欢喜》中的人物,原名茜莉亚,是篡位的新公爵的女儿,她跟随堂姐罗瑟琳逃亡,更名为爱莲娜。

得功夫到家才行。"

"还有，"汉弗莱说，"你的腰身让我很难带你跳舞。"

说着他跪坐下来，揩着眼睛，不让人看见一个惶恐的情人的眼泪，然后他破涕为笑，又苦苦哀求。他演得真好：他演的奥兰多，只比汉弗莱多那么一点，更快活一点。小家伙眼里放射出喜悦的光芒，一字不差地应对。他扮演的女孩假装自己是男孩，然而集男孩和女孩于一身，他安慰一个心上人不在身边的同伴，同时又善意地嘲笑他，他成功地让人感到自己身上仿佛有三个人，而这三个人彼此作对。因为，事情就是这样复杂：那个装扮成男孩的女孩爱着她逗弄的男孩，但男孩没有认出这个穿紧身裤、扮成男子的同伴就是她。应该承认，赫伯特的功夫没有白费。

"你弄混了，"汉弗莱说，"不要漏了最美的一句。小伙儿和姑娘都是一样的牲畜①。从前面重新来吧。"

"如你所愿。"小家伙说，"但是我弄混是因为她弄混了……她有一点难为情，你明白，因为她爱你，汉弗

---

① 罗瑟琳的这句台词见《皆大欢喜》第三幕第二场。参见方平译文："这年纪的男孩子和姑娘们，十之八九都是这德性。"

244

莱。"

他立即认定汉弗莱-奥兰多值得罗瑟琳爱。

"还有我呢。"一个年纪很小的孩子说,他的鼻子红红的,不停将滑落的农妇的披肩拉回肩头,"我可以跟任何人一样演好罗瑟琳,只要把她的衣服给我穿。"

"你也就刚好跟试金石般配。①"经理说,这句话立即得罪了一个胡子拉碴的人,他脸上抹着煞白的石膏,不愿意别人提起他扮演的是丑角。

"可是只有我能让观众发笑。"他粗声粗气地说。似乎为了证明自己的才华,他立即扮了一个鬼脸,看上去就像屋檐上张开大嘴的滴水怪兽。

"好。"经理转过身,不理睬那个绰号叫试金石的人,"甚至可以说很好……运气在向我们示好,"他兴高采烈地继续说,"话说我差点儿想换一出戏了……还得看看他穿上女孩子的服装是不是一样好。说到底,罗瑟琳,是我自己的孩子呢。"

汉弗莱起身去一个大箱子里翻找。他抱着一堆亮闪闪的衣服回来。

---

① 这里要求扮演罗瑟琳的演员,他的角色是一位叫奥德丽的农妇,在《皆大欢喜》里与宫廷弄臣试金石是一对儿。

"穿上这个。你不用脱下身上的破衣服。你个子瘦小,这样刚好让我们看看效果。"

他又转身朝经理-公爵说道:

"我拿的是她婚礼上的长裙,因为这一件最漂亮。我们能看得更清楚。"

这是一件银色呢子镶拼的绯红色闪光缎长裙。(孩子费了一点劲儿才找到裙子上的搭扣。)

"当心,这条有点撕破了。裙子上身有点短,不过你身上这件衬衫鼓鼓囊囊的,脱下就刚好……"

"前面有点儿太宽大了。"爱莲娜冷笑着说。

"很好。塞几条餐巾就行。你转过来。"

孩子得意地转过身,在长裙底下使劲踮起脚尖,他穿着一双不合脚的大鞋。

"见鬼。"经理-公爵说,"我差点儿忘了。你跟父母住在一起吗?"

"我有一个算是外婆的人。"

"她是做什么的?"

"她接待先生们,为的是让她的三个侄女跳舞。"

"我想不会太难。"经理悄悄对总管说。"你母亲呢?"

"我母亲被当众绞死了。"孩子炫耀地说,他为这

246

件事感到光彩。他觉得他的母亲(何况,当年他还太小,根本不记得她)仿佛死在一个大舞台上。

"你父亲呢?"

"不知道。"孩子说,"我想,我没有父亲。"

"每个人都有父亲。"汉弗莱用教训的口吻说,一边用手摸着身上的肋骨,仿佛想起挨过的棍棒。

"听好了。"经理双手抓住孩子的胳膊说,"你是仁慈的上帝送来的。你是犹太人吧,我想,不过,不一定真是,你好歹也信上帝吧?唉,前天,我们刚从伦敦过来那天,爱德蒙,我们叫他爱德蒙达,上街去溜达,结果跟人发生口角。荷兰人,可不是开玩笑的,他呢,也不该灌那么多杜松子酒。我不清楚这件事究竟谁对谁错,总之我们找到他时,他躺在地上,头破血流。而我们明天要去德・布雷德洛德先生府上演出,需要一位罗瑟琳。"

"然后,"汉弗莱接着说,"那才美呢。我们要去汉诺威,因为选帝侯夫人是我们那边的人,她想看年轻时在伦敦看过的戏。然后是丹麦。我们签了一份合同,他们答应让我们住屋顶下真正的房间,每天两只鹅或者天鹅,另加配菜。接下来,只要我们乐意,就去挪威。我们会路过这里再回到可爱的英国,那边有人会想念

247

我们的。你愿意吗？"

"我是你的罗瑟琳。①"孩子说，他一直在戏中。

"依我看，他最好什么也不要对他家的老太婆说。"经理-公爵若有所思地说。"她爱你吗，你的外婆？"

"我负责上菜和开门。"

"那好，她会找到别人来开门和上菜。你明天悄悄溜掉，天蒙蒙亮时来找我们。"

"你会看到你有多受欢迎。"汉弗莱又说，"夫人们会亲吻你，称你为'我的侍童'。她们会给你蜜钱。先生们有时会从他们的钱袋里掏出一枚金币。我也演过女孩子，我知道是怎么回事。不过自从十八岁后，我又变回小伙子了。"

"这也没有让你少了夫人们的亲吻和金币。"爱莲娜闷声说。

"这一切都很美好，孩子们，但是可不能让这个孩子被哄骗了，留在丹麦充当某位殿下的侍童。"经理-公爵说道。"如果你演得好，我们就带你去伦敦。"

"我去过伦敦。"

---

① 《皆大欢喜》中罗瑟琳的台词，见第四幕第一场。

248

"好上加好。你会觉得跟回家一样。当心看着他,汉弗莱。说不定这个小天才是个冒失鬼。"

汉弗莱将孩子送到院子里。拉扎尔停下来,抱了抱一匹马的脖子。

"除了跟马儿,不要跟任何人道别。再说,也没有什么好道别的:我们还会路过这里。我倒是想留你住在大屋子里,但那样会让你家的老太婆警觉。天一亮就悄悄溜出来,穿上你最好的衣服。你有一身好衣服吧?我们有你穿的甘尼米德的漂亮服装,有几场戏你会穿紧身裤,但那一身太好了,平时不能穿。你不要拿钱,要拿也只能拿一点点。要不然她会来追你。"

"我想到这个了。"孩子点头道。

他跑着回去。他家离客栈只有十来步,但已经快到他该穿上漂亮的外套开门迎客的时候了。路上他只停下来一次,把一切都告诉了克莱姆;汉弗莱命令他不许这样做,不过克莱姆是靠得住的;即便被人打成石膏的样子,他也不会走漏半点风声。卢芭的客厅已经宾客满座。那天晚上,他觉得客人们聊个没完没了。只剩下两三个付了钱准备留下过夜的客人时,卢芭太太拨了拨厨房的火,将劈柴从温热的炉灰里挑出来,放在

249

一边。拉扎尔觉得她像一个巫婆或仙女（赫伯特留下的书里也有女预言家），就她那样的人而言，她也很美。在舞台上，她一定能演好年迈的王后。

他一步步登上长长的楼梯，他想到她从未扇过他的耳光，更没有打过他。她也从来没有训斥过他，除非事关身体举止的错误，比如擤鼻涕声音太响，或者露面时头发蓬乱。在他看来，她待侄女们好，待客人们也好，甚至有客人喝多了呕吐，她也并不责备。她待赫伯特非常好，而他从未见过后者给她钱。他想起来，有一次，一位先生在椅子上打瞌睡，她当着孩子的面将他口袋里掉出来的钱包放回去。平时并不喜欢教训人的卢芭太太对吃惊的小男孩说："在小事上永远要诚实。以后你会明白的。"

不，她不是一个凶恶的外婆。但是，他爱她的程度，还不足以将自己准备离开的消息告诉她。

在屋顶阁楼上，他将积攒在两根房梁之间的蜡烛头小心翼翼地取出来，就着微弱的烛光温习了一遍罗瑟琳的全部台词，这样明天就更有把握不会忘词儿了。"再说，"他想，"假如忘了，我就编几句台词。汉弗莱会帮我的。"他将赫伯特的小册子卷成一包（书太沉了,没法带走),放在枕头下面。头枕在这硬硬的包裹上,他不敢完全入睡,或者不如说,他没有睡,他做梦了。

这是一个长长的梦。梦里有他,小拉扎尔,他知晓阿姆斯特丹街上应该知晓的一切:小偷们,说实在的,从来没有偷过他的任何东西;醉汉们,他们喝够了的时候往往和蔼可亲;穷人和有钱人(从他们的衣着就能认出);乞丐们,怕有人来抢他们的地盘;年轻的或年老的先生们,有人付钱让你给一个女人送信,如果带来回信,他们来不及读信里的内容就另付一份小费,有时信里的内容让他们落泪;有人在黑暗的角落里将你搂在怀里(不知道为什么),好像要将你揉碎,这些人有时还会扔下几枚银币;有人付钱让你替他们看管马匹,有时马儿很凶,会踢人,不过大多数马儿都喜欢他,他也喜欢拿苹果核喂它们时马儿的口水淌在自己手上的感觉……还有那些提防你的人(他们是商贩),还有那些你多看几眼橱窗就拿起棍子赶你的人,他们多半是糕饼师傅。

梦里还有小时候的拉扎尔,他跟克莱姆一起玩耍,卢芭太太待他很好,虽说如此,她从来不亲吻他。不过,他也从来没有看见她亲吻过其他人,除了赫伯特,可他已经很老了。但在他看来,这些小拉扎尔不是死了,也不是被忘记了:不如说他们被超过了,就像那些跟他一起在街上奔跑的小男孩。

梦里还有赫伯特,是他教他扮演另一个人。赫伯特的房间里容得下数不清的人,还有战斗,队列,婚礼庆典,欢乐或痛苦的叫声简直要让房子坍塌,然而他们只是轻轻叫喊,没有人听得见,人群里还有国王和王后,他们全都能在箱子和小炉子之间安安稳稳地待下来。赫伯特走了,就像人们在梦中离去一样,或者像有时演员们不知为何退到后台,明天,也是这样,小拉扎尔要跟着演员们出发。

尽管赫伯特苍白又佝偻,他没有年龄。只要他愿意,他就跟被杀死在伦敦塔里的爱德华的孩子们一样幼小柔弱,有时他又像比阿特丽丝一样轻盈爱笑,翩翩起舞如同星辰闪耀,这时他十五岁;另一些时候,他为失去的王国和死去的女儿哭泣时,他苍老得仿佛有一千岁。他也没有形体:扮演福斯塔夫逗小拉扎尔笑个不停时,他又肥又胖,双腿弯得像水桶箍;其余时候,他又瘦削得像忧郁先生雅克（明天，在德·布雷德洛德先生府上，没有人能像他那样扮演忧郁先生雅克）。还有，扮演克莉奥佩特拉时，他美丽动人。

拉扎尔将是所有这些姑娘，这些女人，这些青年，这些老者。他已经是罗瑟琳。明天，他将离开卢芭太太的房子，这里挂满威尼斯镜子，映照出赤身裸体的侄女们和她们的先生们。而他，会穿上日常的衣服，一身男孩的装束，但实际上他是罗瑟琳，她乔装改扮逃出了那座豪华宫殿，她的父亲好公爵也被赶走了。她改名为甘尼米德，逃得远远的，来到一座大森林，森林那么大，就算将阿姆斯特丹郊外的小树林全部搬到舞台上也不够。

陪伴她一起逃走的有她的好堂妹爱莲娜（得记住要对爱莲娜和气一点），还有一个脸上抹白粉的小丑，拉扎尔有点怕这个人，但是最好不要让人看出他害怕。还有她跟奥兰多成婚那一天，他要穿着镶银色呢子的漂亮裙子跳舞（他不会跳舞，但只要随着节拍跳起来就行），还得当心不要把已经破了的镶边扯得更破。

他还将是另一些美丽的姑娘，不过首先还得将她

们念过的全部独白熟记在心，而不只是听赫伯特先生
吟唱过，自己时不时想起来的那几句。他将是朱丽叶，
他现在才明白为什么赫伯特先生临走时用这个名字称
呼他。他将是杰西卡，那个犹太女孩，穿得跟犹太区的
漂亮姑娘们一样；他将是克莉奥佩特拉，伸出小手让一
个名叫安东尼的将军亲吻；他在大屋子里的演员中间
搜寻，看谁够气派可以扮演安东尼，然而一个也没有。
然后，他会被一条蛇咬死，不过他希望蛇不要把他咬得
太疼。

　　过了很久，等到他十八岁，也许十九岁，或者（谁
知道呢？）二十岁，他又像汉弗莱那样重新成为男孩：
他将在竞技场上与攻击他的野人近身格斗，但首先还
得让肱二头肌变得更发达，手腕更有力。他将是罗密
欧，他为朱丽叶哭泣时会想起来自己曾经也是朱丽叶；
他能轻松地爬上阳台，他在运河边爬树就很在行。

　　他将是马尔菲公爵夫人①，在一个疯人院里为她
年幼的孩子们哭泣；有一天，等到他不再适合穿女人的
裙子时，他也会是掐死这些孩子的坏人中的一个。他

---

　　① 　指英国剧作家约翰·韦伯斯特（John Webster）的悲剧《马尔菲
公爵夫人》的女主人公。

将是飞将军,那个马刺发烫的骑士,年轻又勇敢;他也会是他的妻子凯特,为了不让眼泪掉下来,强装笑脸与他告别;还有哈尔,勇敢又快活,身边有一群快乐的伙伴。

又过了许多年,等他真正年老时,比如四十岁吧,他将是头戴王冠的国王,或者恺撒。赫伯特向他表演过,倒下时该怎样理好长袍上的褶子才不会难堪地裸露双腿。他也将是那些一生中作恶多端、不堪重负的女人:一个因罪行累累而体态臃肿的丹麦王后;或者是手持匕首的麦克白夫人;或者是那些长胡子的巫婆,在一个锅子里煮脏东西。

或者,他会扮演小丑,就像昨晚那个脸上涂了白粉的丑角:逗人发笑也是一种让他们开心和高兴的方式,就像扮演女孩时,在他们眼皮底下亲吻某个人(有时他们也会来到后台让人亲吻),或者(说来奇怪)正值青春妙龄就在他们眼皮底下死去,也会让他们开心和高兴。再后来,过了五十年(真长,五十年),会让他扮演那些真正的老者:一位不是汉弗莱扮演的奥兰多(因为汉弗莱中间可能会死去,要知道他现在已经十八岁了),会将他温柔地抱起,他是老仆亚当,白发苍苍,满脸皱纹,牙齿掉光,虚弱无力,但依旧忠诚。保持五十年的忠诚,真是美事。

　　也许,扮演过杰西卡,那个爱笑的、带上金币离家出走的犹太姑娘之后,他将是双手如同鹰爪一样的夏洛克老爹,人们会称他为犹太老脏鬼,就像昨天总管称他为犹太小脏鬼,因为这是惯例。但是,对一个老头儿来说,一下子失去女儿和金币,那滋味可不好受,与其让人们对夏洛克发笑,说不定他会让他们哭泣。

　　或者,相反,面对一片湛蓝的大海和玫瑰色的天空,他将是魔法师普洛斯彼罗,他跟赫伯特一样,没有年纪,因为他差不多就是神,他会想起来很多年前他曾是自己的女儿,纯真的米兰达,她爱上一个男子,因为觉得他很美。他平息了大地和海上的风暴之后,将朗诵一段美妙的台词,关于如梦幻般消逝的万物,它们在包裹着我们人生的睡梦深处溜走(这段台词他已不能熟练地背诵了),当他折断魔杖,一切都将结束。

　　有一天,在木板搭成的舞台上,他连任何小小的位置也没有了的时候,他就掌管蜡烛,将它们点亮,散场后又一支一支将它们熄灭。不过,因为他熟悉所有角色,人们还会让他提词:他的声音就会在所有声音之

257

中。想到自己集众人于一身,经历无数冒险,他感到一阵狂喜。小拉扎尔是无限的,他冲着插在两根房梁间的一小片碎镜子友好地笑了笑,尽管镜子里反射出他自己的样子,然而他是无形的:他有万千形态。

总之，这天早上，他是隐身人。天刚蒙蒙亮，他光着脚，鞋子拿在手上，从卢芭太太家后门的楼梯下来，从厨房门溜到外面。前一晚他已经用一小块肥肉在插销上抹了油。天空一半灰色，一半粉红。这将是一个美好的早晨。

　　来到大街上，他穿上鞋；他随身带的东西已经够多了：他把最好的衣服折起来搭在手臂上，星期天穿的皮鞋挂在腰带上，还有一大包赫伯特的小册子。厨房的桌子上，一溜摆着付给牛奶小贩的五个铜板。他一把抓走。这说不上偷窃，意外的运气罢了。

　　街上仍然空荡荡的，除了几个带着满筐货物进城赶集的乡下人：这些人大概天不亮就要起身。一个卖炸糕的人已经坐在摊位上，准备给路人解饥。拉扎尔花了一个铜板，将好吃的热乎乎的大圆球放进嘴里。几条干瘦的狗在夜间老鼠光顾过的垃圾堆里翻找；他真想挨个抚摸它们。他也很想尽力搀扶一把那个踉踉跄跄回家的醉汉，担心他会跌倒在水沟里，但他抱着衣服和包裹，腾不出手来。再说，他得快些赶到客栈。

汉弗莱在门口等他，肩上披着一条马鞍上的旧毯子。

"赶紧去换装。你的裙子在车棚旁边的堆房里。当心不要着凉：早上的空气容易让人嗓子哑。"

穿过院子时，汉弗莱指给他看一辆正在套马的大车。

"这是德·布雷德洛德先生派来的，接我们去他的城堡。他想让我们穿着戏装到达，这样显得喜庆些。"

说着，他展开充当斗篷的旧毯子：

"看看我多漂亮。"

他穿着黄色的紧身皮裤、带环扣的高帮皮鞋和红色洒金外套，果真很漂亮。他还在脸颊上敷了一点粉。

"把你身上的旧衣服都脱掉。我拿了女式紧身裤和袜子，全是丝绸的。"

"可是那条镶银色呢子的漂亮裙子在哪儿？"孩子问，他有点失望，汉弗莱正往他身上套一件蓝色丝绒长裙。

"真笨！那要到最后，你的婚礼场面才穿。你中间的几场戏，女扮男装那几场，你有一身漂亮的黑色和玫瑰红的服装。你家里带来的衣服在路上穿。"

孩子在潮湿的车棚里瑟瑟发抖，他仔细抚平丝袜上的褶皱。汉弗莱将一双绣花的浅口皮鞋推到他面前。

"你要注意像女孩子那样走路，步子小一点。如果鞋子磨脚，活该。裙子腰身有点宽大，但我有别针。我在上衣里塞了一点东西，弄妥帖了。"

他将一条玻璃料项链戴在他的脖子上。然后，他半拉开门，让堆房里亮一点。

"你真漂亮。等头发梳好了也会好看。我没想到把脂粉罐也拿来，等到了那边再补吧。再说，你的脸颊天生红润。来，他们在大厅里快打扮好了。"

他帮助孩子把旧衣服放进一只口袋里。

"你可以扔掉那双后跟磨坏的鞋子了。不。下雨天它们还可以当套鞋穿。"

大屋子里，大伙儿一边穿衣服一边诅咒，不是一条缎带找不到，就是腰带上的环扣被同伴偷走了。奥德丽喝多了，头上歪戴着农妇的帽子。试金石在涂了白粉的脸上画了一些大大的红圈儿。公爵浑身挂着金

261

链,这套行头也适合他扮演的宫廷总管的角色,他威严地从一组演员踱到另一组。罗瑟琳一进门,大家就鼓起掌来,但爱莲娜仍然脸色阴沉。

"你要是不想惹恼我的话,就不要给他使绊子。"汉弗莱在他耳边说,"我盯着你呢。"

爱莲娜并没有老大不乐意,拉起了堂姐的手。大家将箱子堆叠在大车顶上,口袋扔进车里充当靠枕。德·布雷德洛德先生打发来的大概是他的车里最破败的一辆,里面只剩下一条带流苏的长凳,公爵和一位面色苍白的瘦高小伙子坐在上面,此人已经三十岁上下,拉扎尔断定他就是忧郁先生雅克,因为他尽力做出愁苦的样子。但是缺少凳子并不碍事:席地而坐一样方便,再说地板上事先已经铺了湿润的麦秸,闻起来很香。

然而一桩意外让公爵从车上走下来。大家在院子里商量办法。昨天深夜车夫才驾车赶到,他灌了太多啤酒;把他拉到水泵下也浇不醒。他横躺在院子的石板地上,满肚子黄汤,看上去犹如一条死去的鼻涕虫。不过他鼾声大作,证明他好歹还活着。这时天下起蒙蒙细雨。

"不要他也罢。"好公爵做出决定,"喂,长颈鹿!"

一个四肢不灵便的高个子走过来,不情愿地坐在车夫的座位上。他在旧衣服外面从头到脚披了一条白色床单,放下手中的镰刀,握住缰绳。

"我们租车时,就让他来驾驶。"汉弗莱解释说,"他很少磕碰。他穿上那一身,不管刮风下雨,衣服都不会弄坏。"

"他让我有点害怕。"孩子低声说。

"不用怕。在舞台上,他的脸还要涂得更白些,更让人害怕。他在一出滑稽戏里扮演死神,带走了一个有钱人。这出戏很老了,我们偶尔开场时演一下。试金石在里面扮演魔鬼,拖着一条长尾巴。另一个,高个子白脸,还演一个遭到谋杀的丹麦国王的鬼魂。但这出戏可不能在哥本哈根演出。"

此时,大雨如注。所有人都挤在大车里。爱莲娜坐在堂姐身边,嘴里嚼着大蒜,令后者感到厌烦。罗瑟琳将头枕在奥兰多的膝头,他拉过自己那块旧毯子盖在她身上。孩子饿了,心里想要是吃了两个炸糕该多好。但想到还剩下四个铜板可以跟汉弗莱分享,他又感到高兴。公爵随从里的两对猎手,身着绿衫,盖着伪

263

装的树叶,在角落里玩起塔罗牌。试金石低垂着脑袋,哼唱一首阴惨惨的悲歌。透过脏污的窗玻璃,可以看见田野、草地和牛群,这让拉扎尔心情很好,因为迄今为止他很少离开城市。初春时节,树木舒展开一片新绿。雨一阵接一阵,但是云朵相互追逐,仿佛在天上嬉戏,东一处西一处露出大片蓝天。到了大园子里演出时,天一定会放晴。

然而路似乎很长。大车一路颠簸,孩子渐渐习惯了。他昏昏欲睡,眼前一切都变得模糊起来:轻轻敲打车篷的雨滴声(毯子上也开始淌水),拉扎尔发出的轻声尖叫——尽管汉弗莱帮他梳头十分小心,还是将他扯疼了,小丑的悲歌,爱莲娜呼出的气息,人们看不明白表情的塔罗牌上的面孔,仿佛近在咫尺、一转弯就能到达的哥本哈根,还有雨淋淋的车窗外一片片美丽的晴空,还有德·布雷德洛德先生的总管一定会留给演员们的点心,还有那条镶银色呢子的长裙。

跋

李玉民 / 译

《安娜，姐姐……》跋

　　《安娜，姐姐……》虽是青年时期的作品，但属于作者终生敝帚自珍的那一类。这百十来页的文字，究其缘起，还是截取于一部题为《漩流》的小说的草稿。我在别处谈过，那部小说规模宏大，尚未定型，是我在十八岁至二十三岁之间草拟的，里边包含我后来相当一部分作品的胚芽。

　　这个"宏图"如若实现，其硕果何止是一部江河小说，简直是海洋小说了。放弃这个计划之后，随着生活的沉浮，我却写了一部完全不同的作品：《阿历克西》，它的长处也许正在于篇幅极短。没过几年，即在开始所谓"文学生涯"之后，我想到早年的遗弃之作，打算至少拾起几部分，这就是现在这篇《安娜，姐姐……》的由来，它于 1935 年发表在由三个中篇组成的集子里：《死神驾辕》(定这个集名，我也是受保存的残稿中一段插曲的启发)。为了赋予这三篇小说以起码一致

267

的外表,我将它们分别题为《仿丢勒》《仿格列柯》《仿伦勃朗》,殊不知这些题名难免古奥之气,终会隔绝读者与作品,而其实作品本身虽不乏拘执之处,却是昔日的块垒,发自胸臆。

本集题名《像水一样流》,倒与《漩流》贴点儿边,不过形象已经改变,以生活的长河,或者时而污浊、时而清澈的激流,代替了海洋的惊涛骇浪。《仿丢勒》完全纳入《苦炼》,自然不在此列;《仿伦勃朗》打的旗号很大,根本有名无实,结果一分为二,独立成篇,这情况后面再谈。至于《安娜,姐姐……》,以格列柯的经历为出典,暗指这个伟大画家痛苦缠绵的生活,倒也说得过去,然而,那不勒斯的背景与某种强烈的情欲,今天想来,恐怕更切合卡拉瓦乔,如果这部情感猛烈的作品非要假托一个画家之名不可。现在这个篇名,是借用米盖尔墓志铭的头两个说明问题的词;这个铭文也是安娜特意加在他墓上的。

与它后面的两个中篇截然相反,《安娜,姐姐……》基本照搬了 1935 年的文本,而 1935 年的文本,又同一个二十二岁的年轻女子于 1925 年撰写的故事相差无几。文字多所润色,内容十余处深化,都不过是为了今天的再版。这些改动,下边我要谈几点。我之所以强调这篇基本保持原貌,是因为我认为这是时间相对性的又一例证,而且,这方面的不少其他明证已使我渐渐折服了。我感到自己同这个故事息息相通,仿佛写作的意念是今天早上产生的。

故事讲的是姊弟间的爱情,即违反伦常的类型;这种题材往往引发诗人的灵感,使他们的头脑萦绕着有意的乱伦行为。我极力探赜索隐,至少参阅涉及这个主题的西方和基督教文化的几个作家,首先碰到《惜乎浪妇》,詹姆斯王朝伟大剧作家约翰·福特的杰作。这个放诞的剧本,以人类的卑鄙、残暴和荒谬,衬托出两个心地纯洁的乱伦形象;有一个爱情场面十分精彩:乔万尼和安娜贝拉面对面跪着,即将坠入情网。"您是我哥哥,乔万尼。——而您是我妹妹,安娜贝拉。"

紧接着便是拜伦的暧昧之作《曼弗雷德》。这部悲剧的主人公是个中世纪被放逐的德国王子,情节颇为隐晦,背景依稀是阿尔卑斯山麓。这部作品的确是在瑞士创作的,它既掩盖又揭示了拜伦同他异父同母妹妹奥古斯塔的关系;因为这件丑闻,英国的大门也对他永远关闭了。剧中这个该死的痴子,受到因他而溘逝的妹妹阿丝塔特的幽灵的袭扰,不过,红颜薄命的祸由却语焉不详，作者几乎未作交代。有趣的是，阿丝塔特这个名字，放在中世纪的瑞士那地方，未免不伦不类，出处很可能是《阿菲里东和阿丝塔特的故事》，孟德斯鸠的《波斯人信札》中的一篇。这个故事非常感人，然而放在充斥美食和鲜血的东方色情的讽刺作品集中，乍一看显得不协调。阿菲里东和阿丝塔特的结合，祆教是允许的，而伊斯兰教则斥为乱伦，这对青年在穆斯林中遭受迫害，双双殒命。孟德斯鸠似乎用这盘诱人的点心，并以他在别处也用过的揶揄口吻，对于历来众说纷纭的舆论和风俗，表明一种反独断主义的态度，而且蒙田、帕斯卡尔、伏尔泰，都先后以不同方式赞成他这一观点。两个年轻的祆教徒生也好，死也好，终究没有逃脱他们自己的法则，还谈不上反抗，倒是作者让我们感到，清白与罪孽都是相对的概念。福特的笔下则不然，那是乔万尼本人放浪不羁，打破了反对乱伦的戒条；在拜伦的笔下，曼弗雷德身负罪愆，却始终没有言明，不因违背伦理而羞耻，反而像路西法一样引以自豪。

再者，法国读者不会忘记《勒内》，夏多布里昂在这部作品中，把阿梅莉的乱伦爱情与逃匿修道院一事立为主题，肯定想到了他姐姐吕西尔。歌德创作《威廉·迈斯特》，同样是以浪漫主义手法，处理乱伦这一题材的。

距我们时代再近些，托马斯·曼的《血缘》，是掷地有声的作品。这部中篇小说将两个常见的主题，完全杂糅在兄妹乱伦的描述中：一是由于血统的权利，两个人情投意合；二是由于冲破习俗具有迷人心性的诱惑力。一对犹太兄妹，年轻貌美，秀外慧中，出身于1935年前柏林的一个犹太豪富之家，他俩观看了瓦格纳的歌剧，受到剧中西埃格曼德和西埃格兰德的乱伦之爱的感染，竟至陶醉而私通了。那个西埃格兰德式的犹太女郎，已经同一个新教徒普鲁士军官订婚；兄妹床第之欢后，情郎哥头一句话实在厚颜无耻："我们把他耍了，那个异教徒。"对这个乱伦者来说，事先嘲笑被家庭视为提高社会地位的婚姻，既是一种乐趣，也是精神上的骄傲。这种讥讽的口吻，还可以在福特的人物乔万尼身上看到：他倨傲地对自己的教父，一位神职要员宣布，他决定要干出乱伦的事，后来他又求助于死神，把他妹妹从受骗而可恨的丈夫手中夺走。

历数这些杰作之后，再就要算马丁·杜·加尔的《非洲秘闻》，这也是一篇上乘之作；不过，它却把我们从诗意带向社会学概观。北非这对男女青年，因为临近夜晚,又同就一盏床头灯看书,他俩才搂抱在一起。但是,妹妹按照婚约,嫁给了附近一个书店老板,而哥哥当了兵,到别处拈花惹草去了,那种肉欲的冲动也便休止了。后来,那个情妹变得体态臃肿,郁郁寡欢,抚养一个患结核病的儿子———一时欢乐的可悲结果。纪德责备马丁·杜·加尔是有道理的,作者不该轻易附和流俗,得出这种结论;其实,血亲之间的结合过于单一和频繁,不管能产生多大危害,不见得立刻生出畸形儿或病儿,久而久之,后代也会有人集中本种族的优点,这是任何饲养牲畜的人都明了的。马丁·杜·加尔用道德说教收束全篇,以期弥补不足,也并不比纪德更有道理。纪德也许过分热烈地赞赏了这个传说的观点:赋予乱伦的产儿以非凡的美德,如同西埃格弗里德,而西埃格弗里德的父母,西埃格曼德和西埃格兰德,又是《血缘》中那对情人的楷模。

《非洲秘闻》没有说破的意图,似乎在于阐明公认违俗并严禁的关系是何等平常。这部作品除外,表述乱伦的其他几部有两个突出的主题:一是卓荦不群、不同凡俗的两个同血统的人的结合,二是要违犯戒规的思想和肉欲的诱惑。《安娜,姐姐……》体现了前一个

272

主题,排除了后一个主题:两个孩子生活的环境相对孤独,在他们母亲去世后就完全与世隔绝了。姊弟二人没有丝毫反叛的念头,他们的骨髓都浸透了对"反改革运动"近乎狂热的信念。他们的爱情是在《圣母哀痛像》、七剑马利亚,以及"以伤口歌唱"的女圣徒群像中间,在昏暗镀金的教堂里孕育起来的。对他们来说,教堂既是童年熟识的环境,又是最后的庇护之所。他们的感情特别强烈,不可能不如愿以偿;尽管经过长期的思想斗争,他们失足后却立刻感到不可名状的幸福,并没有萌生丝毫的愧疚。唯独米盖尔意识到,只有付出代价,这种欢乐才是可能的。他在王国的一艘战舰上阵亡,可以说是自愿的;这种事先确定的赎罪方式,使他在复活节后的星期一做弥撒时心中欣喜,毫无痛悔之感。同样,安娜终生忧心惨切的,也不是愧疚,而是无法慰藉的哀悼。她直到暮年,还依旧毫无悔恨,坦然地把她对米盖尔的爱情,同她对上帝的信仰联系起来。

瓦伦蒂娜的形象,则是另一种色调。这个女人浸染的神秘主义,与其说是基督教式的,不如说是柏拉图式的,她不知不觉地影响了两个感情强烈的孩子;她让自己恬静的气息透过他们感情的风暴。我不敢夸美拙作,但是在我看来,这个安详的瓦伦蒂娜是我经常幻想的完美女人的雏形:既多情又洒脱,其淡泊是出于理智,而不是因为软弱。后来,《阿历克西》中的莫尼克、《哈德良回忆录》中的普洛蒂娜,以及更早点儿的,《苦炼》中给予泽农一周安全的弗罗索夫人,这些人物,我都有意刻画成完美的女人。我之所以不厌其烦地在此列举,是因为在这些作品中,同有人时常指责我忽视女性的情况相反,我在她们身上寄托了我对人类的大部分理想。

似乎(我用怀疑的词语,因为我相信即使对作者本人来说,人物的动机也应当常常是捉摸不定的:他们的自由以此为代价)事情刚露端倪,瓦伦蒂娜就洞见两个孩子相互的爱情,知道无法抑制,也就没有做任何努力扑灭。"无论发生什么事,你们永远不要彼此怨恨。"这最后的告诫使他们惕厉,使他们不致尽情尽欢,又很快乐极生悲,彼此交恶,甚而耿耿于怀,变为路人,铸成千古恨事。他俩尝到了欢乐,也甘愿受痛苦的折磨,因而避免了这种灾难:米盖尔以其早逝而逃脱,安娜以其忠贞不渝而幸免。社会禁绝的概念,以及基督教关于过失的概念,已经融化在这终生不熄的火焰里了。

《安娜，姐姐……》是几周写成的，那时正值 1925 年初春，是我在那不勒斯小住与回国之际，这也许可以说明，姊弟恋情是在圣周实现并了结的。在庞贝城，我观赏了博物馆的文物、神秘别墅的壁画，并且终生喜爱它们，不过，我在那不勒斯更是流连忘返，系恋那里生生不息的平民区的贫困、教堂的肃穆之美与残败的壮丽；其中有几座，后因 1944 年的轰炸，遭到严重损坏，甚至完全倾覆，如海上圣若望教堂，即我描述安娜打开米盖尔灵柩的场所。我安排人物的圣埃尔莫要塞，以及我想象堂·阿尔瓦了结余生的要塞附近的修道院，我也都参观了。此外，我在巴西利卡塔地区还游历了几个小村庄；书中半豪华半土气的宅第，就坐落在其中一个村子里，瓦伦蒂娜及其子女去那里观看过收葡萄的场面，而米盖尔在梦幻中望见的废墟，大概就是波埃图姆。小说创作受所安排的地点的启发竟如此直接，这是前所未有的。

　　通过《安娜，姐姐……》，我平生第一次领受小说家的最大特权，即完全进入人物角色，或者由他们牵制。在那几周时间里，我生活起居与交际虽然一如既往，却又一直活跃在这二人的躯体和心灵中，忽而由安娜化为米盖尔，忽而由米盖尔化为安娜，但对性的差异

275

始终漠然。我认为大凡作者,在他们塑造的人物面前,都是持这种态度;这也可以封住那些毁谤之口:他们奇怪一个男人竟善于描摹女人的情感,如莎士比亚之于朱丽叶,拉辛之于罗克萨娜或费德尔,托尔斯泰之于娜塔莎或安娜·卡列尼娜(这种情况久而久之,读者甚至不再感到诧异了),或者更为少见的反常现象,一个女人能塑造须眉男子的形象,居然惟妙惟肖,如紫氏部笔下的源氏,《简·爱》中的罗切斯特,或者塞尔玛·拉格洛夫笔下的古斯泰·贝林。这样进入角色,也消除了其他的差异。我当时二十二岁,正在安娜热恋时的年龄,然而,我却毫无阻碍地进入年迈体衰的安娜的内心,或者日渐颓唐的堂·阿尔瓦的内心。那个时期,我的肉体经验还很有限,热恋的体会还有待新的转折,可是,安娜与米盖尔的爱情却在我身上燃烧。其实,这种现象很简单:一切都已经过前人的千百次体验,我们继承了前人的情感,再传给成千上万的后人。唯一不断提出的问题,就是在我们每个人身上漂游的感情粒子,为什么有的浮到表面,而另外一些则不然。那个时期,我的感情比较自由,心中顾忌比较少,也许比今天更容易完全融入我创造的或自认为创造的人物中。

此外,尽管我早已停止参加任何礼拜,仅仅保留天主教的传统、仪式和图像的印记,诚然这种印记是很深的,可是,描绘"反改革运动"时这两个青年的宗教狂热,我还是游刃有余的。幼年时,我就吻过村子里基督彩色石膏像的脚,即使那不是安娜跪拜的奥利维山教堂的精美泥塑,那也无关紧要。耶稣受难日那天,姊弟二人行将结合之时,站在圣埃尔莫要塞的阳台上,凝望"闪耀着无数伤口"的夜空;这个场面,即便有人认为是亵渎神明,却表明基督教感情在我身上有多么持久,尽管当时我正叛离基督教教义和戒规,如同洞察一种环境的不足与缺陷,必然要疏远一样。

但是,为什么选择乱伦这一主题呢? 首先排除天真者的臆想,他们总以为任何作品都取材于个人的一段经历。我在别处讲过,我只有一个同父异母哥哥,他比我大十九岁,性情乖戾,忽而悻悻欲恼,忽而怏怏不乐,幸好经常离去,给我的童心留下了一副可憎的面孔。况且,我创作《安娜,姐姐……》的那个时期,已经有十来年没见到我那讨厌的哥哥了。小说家想象的情节,可能同实际情况相反,我并不否认这一点,当然这也纯粹是为了迎合那些臆想者;不过就我而言,不折不扣的反面,不是有一个年轻的乱伦兄弟,而是有一个多情的大哥哥。

然而,安娜的兄弟叫米盖尔,我家世代的长男都叫米歇尔,这总归是事实,足见我不假以我父方直系各代姊妹称兄长的名字,就不可能想象出这个故事的男主人公。其实,也许我认为这个名字合适,是因为这两个音节响亮,具有西班牙语鲜明的特色,又不像古兹曼、阿隆索、法德里克等名字那样过分,也没有永远附在璜这个名字上的淫邪气。评论作品,绝不要过分依赖这种解释。

神话、传说、梦幻的暗流、社会学家的统计,以及社会新闻都证实,在人类的感情中,乱伦可能普遍存在,有人神往,有人憎恶。情欲愈受限制,愈受惩罚,愈加隐蔽,也就必然愈加强烈。或许可以说,在诗人的心目中,像罗密欧和朱丽叶那样,属于两个世仇的家族,这在现代文明中,事实上很难成为不可逾越的障碍了;再者,通奸已不稀奇,而离婚又很方便,这种题材也就大大地丧失了魅力;还有,两个相同性别的人之间的恋情也半公开了。唯有乱伦仍然讳莫如深,即使我们怀疑某某如此,也几乎难以证实。往往是在最险峻的悬崖处,激起最惊人的巨浪。

有人认为我的癖好,就是不惜时间,一切修改,一

切重来,还有人则失之匆促,断言《安娜,姐姐……》不
过是一部原封不动再版的"青年之作"。关于几处改
动的问题,在此特意多谈几句,不妨事先回答这些人。
1925年的版本在1935年再版时,只做了语法、句法和
文体上的修改。塑造第一个安娜的时期,我正热衷于
创制巨作,直接从我也说不清的自己身上的源泉汲取,
下笔万言,无暇顾及结构和文体。自然,那个巨作规模
太宏大,注定要有始无终。只是到后来,从创作《阿历
克西》时起,我才开始学习法国严格的记叙文体;再晚
些时候,约莫1932年,我又潜心研究散文中蕴藏诗意
的技巧,不过写出来的散文有时绷得太紧。1935年版
本就有这些不同方法的痕迹。就像拧螺丝一样,我拧
紧了一些句子,甚至冒着使它们爆开的危险;风格上的
因袭雕饰,多处使人物形象僵化。我于1980年的修
改,几乎全部旨在使一些段落灵活一些。在旧版本中,
有几页开场白,叙述在隶属西班牙的佛兰德斯地区,怛
怛伤怀的二十五岁的安娜,奉命同一个为西班牙效命
的法国人结婚。这段冗长的开场白,放在《漩流》里是
可以理解的,那本书的内容大致以隶属西班牙的低地
国家为核心。现在削减大半,移回到按年代顺序排列
的位置,放在安娜中老年之前。米盖尔在阿格罗波利

踽踽独行、同蝰蛇女郎相遇的那几个场面,修改删减的幅度更大;这个显然是梦幻式的插曲,在数年后的今天重读起来,我觉得有点儿旧式悲剧中的"梦幻"的色彩。仅仅为了烘托米盖尔焦灼不安的状态,我才保留蝰蛇女郎几次出场的机会。此外,几处文字不多的增添,力图达到真实切题,即紧紧契合时间和地点,我认为唯独这种真实才能完全令人信服。意大利南方某些修道院的僧侣的残暴与淫荡,我只是很久以后才了解到的。当时,我为了写《苦炼》,研究了十六世纪末一些寺院里隐蔽或公开的叛乱;那些事例用在这里,可以更清楚地表明,瓦伦蒂娜之死,以及两个孩子开始惶恐地觉察到彼此之爱,是在何等野蛮的地方发生的。

最后,还要提一提两处极短的补充,因为补充的东西揭示了作者生活观的变化。在十年后发表的1925年的旧稿中,乱伦行为已成事实,堂·米盖尔精神冲动,不能自已,随即登船,决意一去不复返;现在处理为由于风平浪静,不宜启航,他回到圣埃尔莫要塞,一对情人又一起度过两昼夜。这种展缓,并不是要为他们可悲的幸福延长一点儿时辰,而是要化解小说中可能存在的过分穿凿,自始至终保持生活的变幻莫测。米盖尔和安娜以为从此永诀,其实不然,谁知又有两天宽限。米盖尔在安娜护窗板上拴的报风的布条，就是生活无常的象征。既然第一次郑重离别是一场虚惊，第二次也可能如此。

　　同样，安娜同不是自己选择的丈夫长期生活，后来孀居，从而掩饰她真正的哀悼，这些内容改动极小。我要刻画这样一对夫妇，他们并不相爱，可也没有理由相互憎恨，他们不得不维系家庭，是出于生活的种种考虑，甚至在一定程度上，是由于肉体关系：或者像个忠诚而高傲的情人含羞委身，或者（两者并不相互排斥）她的肉欲占了上风，使她在瞬间重温旧情，尝到短暂而大失所望的乐趣。我还补加了一段，说的是安娜守寡之后，在旅途中，有一天晚上身不由己，同一个几乎陌生的男子发生了关系，事后又很快把那人忘记了。不过，这件短促的、几乎出于无奈的韵事，在我看来，只能突出心灵的忠贞不渝。这个插曲可以提示人生的奇特状况，人生途上，一切如流水，波动不已，唯有那些重要的事情，它们非但不沉入水底，反而浮到水面，和我们一同归向大海。

1981 年 3 月 5 日至 11 日，

于摩洛哥，塔鲁丹特

《默默无闻的人》跋

　　这个集子的第二个中篇小说《默默无闻的人》，一个长短篇或短长篇，以及突发奇想的几页之作《一个美好的早晨》，是把《仿伦勃朗》一分为二。《仿伦勃朗》是个苍白无力的中篇小说，发表于1935年，早年尚未发表时题为《纳塔纳埃尔》。旧稿脉络不清，是我的处女作之一，大约写于我二十岁那年，后来改动极小，1979年反复看了几遍，完全用不上，一行也没有留下；不过里边包含的种子，却在许多春秋之后发芽了。

　　最初设想的纳塔纳埃尔这个人物，同设想泽农那个人物时间相近；那是很早的时候，我带着连我自己都吃惊的早熟，臆想两个男子，并依稀想象他们生活在从前的低地国家：一个人求知心切，孜孜不倦，渴求生活的一切，不求有所得，但求有所学，终成饱学之士，精通当时的一切文化与哲学，然后又全部摈弃，以便苦心孤诣，自成一家之言；另一个人则相反，可以说"生活放任自流",既迂缓又懒散,甚至到了迟钝的地步,几乎目不识丁,然而心灵却很明澈,思想也很纯正,得以规避虚假与无用的东西,仿佛出于本能,最后少年凋谢,生而无忧,死而无怨,对生死大事处之坦然。

我刚交二十岁,把纳塔纳埃尔写成木匠的儿子,有点儿暗示自称是耶稣基督的人。在《默默无闻的人》里,这种含义不复存在,或者说极为笼统,近乎任何人都是一个基督的传统观念。一开始,我把纳塔纳埃尔安排在荷兰——那个国家我早就了解,至少了解几个地区——安排在十七世纪的荷兰,这也是我们大家在它的绘画中游历过的。尽管如此,这部旧作依然空泛,依然不真实,其原因很简单:我决定把纳塔纳埃尔写成工人,而我对同时代的工人生活一无所知,更不用说古代工匠的生活了。对城市的贫困,我也不甚了了。我少不更事,不谙人生的重大妥协与日常的小挫折。和现在读到的版本一样,我设想纳塔纳埃尔患了肺病,在阿姆斯特丹一家书店找到个固定工作,然而我却没有交代,他何以有必要的知识胜任校对工作。还是和现在一样,我安排他娶了一个音乐酒馆的犹太女招待,在一个更加不熟识妇女的年轻女子笔下,这个妓女的形象充其量不过是个模糊的轮廓,她身上缺乏区别每个

283

人的,而爱情能向情人慧眼赫然揭示的独特的因素。最后,纳塔纳埃尔心中凄苦,在阿姆斯特丹街头久久徘徊,力竭而住进医院,死于胸膜炎,这种处理当然方便,但令人感到身体的折磨与衰竭表现不足。这一切都色彩单调,毫无特点,从外部观察,而不是从内部观察生活,往往如此。

　　然而,这个人物继续留在我脑海的暗角里。1957年,我来到荒山岛(我愿意使用尚普兰标在地图上的这个名字,而不愿意使用荒山岛的新叫法①),我接受邀请,举行短期的巡回讲演,这是我当时常有的便当做法,只图省点儿旅费。根据安排,我要先后到加拿大的三个城市:魁北克、蒙特利尔和渥太华,听众是大学师生和法国俱乐部成员。那个时期,我最简便的办法,就是到远处缅因的一个乡村小站,乘坐纽约至蒙特利尔的唯一客车。当时,火车同恐龙化石一样,快要进古物陈列馆去了,而且有朝一日,汽车也要随后进去。缅因的铁路线,现在只通货车,运送造纸浆的木材。这趟车只有一节特等车厢,凌晨两点在此站停车:现在依然如

---

　　① 旧名字为法文(l'Île des Monts-Déserts),新名字为英文(Mount-Desert Island),意均为荒山岛。

此。将近晚上十点钟,我在格雷斯·弗里克的陪同下,乘坐最后一班公共汽车来到火车站。可是,车站紧闭,阒无一人,候车室直到一点四十五分才开门。我们到当地唯一的旅店暂时歇脚。旅店像个低级舞场,人语喧哗,烟雾弥漫。格雷斯倒随遇而安,有一张桌子,一本书,便借着微弱的灯光看起来。我要了个单人房间,好熬过这几个小时。给我的房间在二楼,非常窄小,四壁光秃秃的,糊了花花绿绿的墙纸,除了一张床,只有一把椅子。这样的斗室,大概是给因故误入这个穷乡僻野的推销员住的。

房间又冷,心情又烦,我难以入睡,然而,在这两个小时当中,奇迹发生了:纳塔纳埃尔生活的一幕幕,凭空突然出现,犹如电影的画面,在我眼前匆遽地演过,而我甚至有二十年没想起这个人物了。我有点儿夸大,一个例外情况不能回避,在那次旅行的两三年之前,我看了塞缪尔·佩皮斯[①]的一本自传。这个英国人爱好室内音乐,既热衷非常规律的家庭生活,又喜欢偷香窃玉。正如人们早已了解的,他是十七世纪伦敦

---

① 塞缪尔·佩皮斯(1633—1703),英国散文家、政治家,他的速写日记历时九年,记录了英国的政治生活和历史事件。

独具慧眼的编年史作家,自从他的日记的有关部分公开发表后,人们还知道他是完全坦率的色情文学的先驱。不仅如此,在任职期间,他还是能干的海军大臣。我从他的自传得知,在他那个时代,一些荷兰木匠到英国造船厂做工。这个情况令我想起我描写的阿姆斯特丹的那个年轻工匠,思忖这样的开端恰巧符合他的生活。难道是这种思考悄悄在我身上布下了孕育形象的土壤,或者把人世历险的残骸推向我吗?不管怎么说,在那两个小时当中,在客房壁灯的弧光里,我看到一个陌生的十六岁的纳塔纳埃尔,他跛着足从我面前走过,因为干不了脚手架和干船坞上的活儿,就到一个小学教师家里当伙计。有一次跟人斗殴,他不得不潜逃,躲进一只驶往安的列斯群岛的三桅船的货舱里;我跟着他的萍踪浪迹,从牙买加到巴巴多斯,从那里又乘坐一艘英国海军巡逻舰,沿着向欧洲人开放不久的缅因海岸北上。在我的想象中掺进一个真实事件:这艘英国军舰驶近不负其名的荒山岛,袭击了刚到那里不久的一群法国耶稣会传教士,这是小说中唯一的"史实"。这次黩武事件发生在1621年。我写这篇小说时,有意在日期方面非常模糊(纳塔纳埃尔不记年月),因此将这个事件移动了几年。后来又过了不久,我看到他流落到"迷岛",岛子的位置可以随便安排,无须太准确,大致在缅因的北陲,或者在加拿大现在的边境,位于大沃斯岛和坎坡贝洛岛之间;最后,我也不太清楚他如何返回欧洲,凭着从前跟小学教师学的一点知识,到他叔父那里当校对员;他叔父为人吝啬,在阿姆斯特丹开书店,这个人物在旧稿中就有。

纳塔纳埃尔仍然娶了犹太姑娘,名叫萨拉依,不过,萨拉依现在不仅卖淫,而且偷窃。雪下凄然徘徊的情节依旧保留,但是纳塔纳埃尔没有那么快就死去。他出了医院,给人当了仆人,接触到一点儿财富、豪华和艺术的世界,并以熟悉其反面的身份进行品评。后来,他仿佛死在靠近弗里斯兰海岸的一个岛上;究竟是哪个岛子,临终的情况,我都不大清楚。正在这时,有人来告诉我,火车快进站了。

巡回讲座,有好有坏,或许不好不坏,这且不提,后因一场重病,在蒙特利尔滞留近三周,接着又有别的工作,最后,经历连续数年的困难时期,我不得不完全丢掉念头,没有笔录我在缅因的孤村里一夜间的幻象。正如遇到类似情况,我不止一次想的那样,我心中暗道,这些幻象果真有分量,以后还会重新出现的。我写了《苦炼》《虔诚的回忆》《北方档案》,还写了几篇评论,译了几篇作品,而纳塔纳埃尔却躲到暗角去了。时隔二十二年,到了1980年,他才重新出来。

《默默无闻的人》现在的文本,完全是1979年至1981年写成的;对我来说,这几年大事频仍,变动很大,旅行极多。在我二十二年前看到的一幕幕幻象的基础上,又很快繁衍扩充新的图景。作品到了非写不可的程度,总要经历这种激增的时刻。在情节承转处偶尔遇见的新人物,像滑动布景一样隐蔽在其他场景后边的场景;弗依姑娘、她年迈的父母,以及她呆痴的弟弟;卢芭太太和她那有点藏污纳垢、名声不好的住宅;放浪不羁并穷困潦倒的古希腊语言学家;范·赫尔佐格市长府上有一副命运女神面孔的女仆,正是她间接把纳塔纳埃尔引到最终长逝的岛上;厨房里的人与镶有护壁板的客厅里的人;一只幼犬虎口余生的故事,那是查阅十八世纪通告的摘录故纸时发现的;波浪冲积又荡平沙丘的沉闷的汩汩声、数千只鸟鼓翅的啪啪声——我最近到弗里斯兰的一个岛上再次倾听,还有岛上那片背风的荆丛——我躺在野草莓树下,寻觅纳塔纳埃尔死去的最舒适的地点。一切文学作品都是混合体,有幻觉、回忆和行动,有日常谈话读书所获取的情况和材料,还有我们自身生活的片段。

　　《默默无闻的人》的主要难点,在于如何表现一个几乎没有受过教育的人,对周围世界悄悄陈述自己的看法,而停顿迟疑的情况极少见,并不像口吃的人竭力向人表达一点儿思想那样。纳塔纳埃尔这类人思考,几乎不以言语为中介,这就意味着他几乎不用套语;所谓常用的语言,犹如久经流通的硬币一样,磨得光光的,我们借助它来交换我们称之为的思想,交换我们想当然相信并相信当然在想的东西。这部小说要缀字成文,就得把这种几乎没有外形的沉思记录下来。我岂能不知道,我让纳塔纳埃尔跟一个乡村教师学点儿文化,从而使他有机会到他叔父埃利·亚德里安森那里,找个工钱很低的差使,还使他能把一些定义和概念联系起来,这无异于弄虚作假,这些零散的拉丁文、地理和古代历史的知识,仿佛不由自主地,成为他在波谲云诡的世界,也就是他自己的世界中的浮标;他并不像我原来设想的那样无知,那样赤贫。不过,他绝不人云亦云,而是尽量保持独立见解,就像头脑绝非简单、心思极为灵巧的自学者,本能地存着戒心,认为他手所翻阅的书籍、耳偶然听到的音乐、眼有时看到的绘画,都无补于赤裸裸的事物;他对报纸登载的大事漠不关心,对涉及性生活的一切毫无成见,既没有无法控制的欲火,也没有装模作样的痴情,这种欲火和痴情,不过是受约束或贪恋女色的表现。他对待科学和哲学,要看它们实际如何,尤其要看他所见到的科学家和哲学家如何。他举目纵观世界的眼神分外明亮,因为他毫无倨傲之心。关于纳塔纳埃尔,这话就算说到头了。

《一个美好的早晨》跋

　　《一个美好的早晨》的起点,正是旧稿《纳塔纳埃尔》的终点。我赋予我的人物一个儿子,或许真的,或许推定的,反正是萨拉依给他生的。孩子由母亲抚养,在犹太区的街巷里长大,快到十三岁的时候,他加入一个巡回演出的英国剧团。在那个时代,这类剧团常到德意志各个小公国,或者斯堪的纳维亚国家演出,那里的君主不是经常造访白厅朝廷,就是娶了渴望看到伦敦新戏的英国公主。剧团突然要替换一个年轻女主角,众所周知,这种角色总是由一个少年或男童装扮。

　　我在二十岁的习作中,并没有费心考虑,一个在阿姆斯特丹街头长大的孩子,怎么会讲一口比较流利的英语,能在福特和莎士比亚的戏中扮演角色:我认为有些人对我的指责,同我想扩大背景的愿望一样,促使我在最近整理《默默无闻的人》的稿子时,补加了两个内容,一是叙述纳塔纳埃尔在格林威治的少年生活,二是交代萨拉依在伦敦妓院的走红。从此以后,荷兰景物有了一幅英国背景。住在卢芭太太家的伦敦老演员,给孩子上了些语音课,这个情节在旧稿里也没有。

自不待言,还有其他情节的增删改动,结果初稿上的文字一行也没有剩下,1935年文本中有关孩子的几页修改稿也去掉了。在今天的故事中,主要讲的是小拉扎尔看了老演员的破烂小册子,熟悉了几出已经过时的伊丽莎白和詹姆斯时期的剧本,扮演角色相当自如,不仅先期体验了自己的一生,而且体验了一切生活:角色不断变化,时而少女,时而男童;时而青年,时而老耄;时而被杀害的孩子,时而野蛮的凶手;时而国王,时而乞丐;时而身着黑服的王子,时而披挂彩衣的王府小丑。一天大雨滂沱的拂晓,他同别的身穿戏装的演员一起钻进马车,要去德·布雷德洛德先生的花园,演出《皆大欢喜》;其时,人世间一切值得经历的,他全都领略过了。同旧稿完全一样,驾车的演员,是在一出老掉牙的中世纪闹剧中扮演死神的那个,他身上披的白床单根本不怕暴雨。这个取自塞万提斯的类似插曲的细节,便是1935年出版的集子名称的出处:《死神驾辕》。这个集名有浓厚的象征色彩,可是今天看来,我觉得未免简单化了,不宜做题名。死神驾辕,生活亦然。

辛特拉,1981 年 3 月 2 日至 5 日

纽约,巴黎,1981 年 10 月 15 日至 28 日